Robin hat beim Film gearbeitet und kann sogar telefonieren.
Milli denkt nur ans Fressen.

PENNY
im Einsatz für Tiere

Band 27

Verknallte Koalas

Mit Illustrationen von
Bernhard Förth

Ravensburger Buchverlag

Die Deutsche Bibliothek – CIP-Einheitsaufnahme

Ein Titeldatensatz für diese Publikation
ist bei Der Deutschen Bibliothek erhältlich

Die Schreibweise entspricht den Regeln
der neuen Rechtschreibung.

5 4 3 2 1 06 05 04 03 02

Umschlagillustration: Bernhard Förth
Umschlagfotografie: Martin Vukovits

Printed in Austria

ISBN 3-473-47345-6

www.ravensburger.de
www.thomasbrezina.com

Inhalt

Ein komisches Gefühl

Der Eisbär räkelte sich faul in der Sonne, während die beiden pelzigen Jungtiere auf den Felsen Nachlaufen spielten.

„He, pass auf, sonst wirst du noch braun", rief ein Witzbold der Eisbärmutter zu. Die kümmerte sich natürlich nicht um den Zuruf, sondern wechselte nur die Position, um noch bequemer zu liegen.

Henry, der Tierpfleger, der die Eisbären betreute, mischte sich unter die Besucher, die sich vor dem Gehege drängten. Die grüne Latzhose, an der die Pfleger im Zoo von Bingenstadt sofort zu erkennen waren, trug er mit großem Stolz. Gerne und sehr geduldig beantwortete er die Fragen der Leute.

Eine kleine Frau, deren Augen durch die dicke Brille stark vergrößert wurden, sah den hünenhaften Henry von unten an. „Hallo, Herr Tierpfleger, haben Sie die kleinen Eisbären schon einmal gestreichelt?", wollte sie wissen.

Henry lachte auf. „Meine Dame, dann würde ich nicht mehr vor Ihnen stehen."

Ein sommersprossiger Junge, dessen Gesicht noch von dem Eis, das er gerade geleckt hatte, verschmiert war, drängte sich aufgeregt zu Henry. „Sind das Bestien?", fragte er und blickte den Tierpfleger so gespannt an, als erhoffte er sich eine möglichst schaurige Antwort.

„Nein!", antwortete Henry sehr entschieden. „Nein,

Eisbären sind keine Bestien. Kein Tier ist ‚böse‘ oder ein ‚Killer‘, wie es oft von den Haien behauptet wird.“

„Anna, Lena, zurück!“, sagte eine junge Mutter und zog ihre kleinen Mädchen vom Metallgeländer weg.

„Sie brauchen sich wirklich keine Sorgen zu machen“, beruhigte Henry die junge Frau. „Die Eisbären können aus ihrem Gehege nicht heraus. Die Tiere sind genau so sicher wie die Besucher.“ Er wandte sich wieder dem Jungen mit dem verschmierten Gesicht zu. „Zu deiner Frage: Eisbären verteidigen ihr Revier und vor allem ihre Jungen. Sie besitzen Kräfte, von denen wir uns gar keine Vorstellung machen können. Obwohl ich ihnen ihr Futter bringe, würden sie in mir einen Eindringling sehen und mich angreifen.“

„Würden die Eisbären Sie umbringen?“, fragte der Junge, gierig nach grausigen Details.

Henry nickte ernsthaft. „Ja, ich hätte wohl keine Chance. Deshalb sind die Eisbären auch weggesperrt, wenn ich ihr Gehege reinige oder Futter bringe. Wir achten sehr, sehr genau auf Sicherheit, das kannst du mir glauben.“

Im Gesicht des Jungen war Enttäuschung zu lesen. Er hatte sich eine Horrorgeschichte erwartet, mit der er am nächsten Tag in der Schule hätte angeben können.

„Ich muss zurück und das Futter richten“, entschuldigte sich Henry. Er setzte sich die olivgrüne Kappe auf seine drahtigen roten Haare und hob zum Abschied die Hand. Die kleine Gruppe, die sich um ihn gebildet hatte, zerstreute sich. Es gab noch so viele andere Tiere im Zoo von Bingenstadt, die die Leute unbedingt sehen wollten.

Völlig unbeachtet hatte sich jemand unter die Besucher gemischt, der nicht zum Vergnügen im Tiergarten war. Da sein Gesicht bei einigen Zoo-Mitarbeitern bekannt war, trug er eine große Sonnenbrille und eine aschblonde Perücke. Selbst seine besten Freunde hätten ihn nicht erkannt, sogar dann nicht, wenn er direkt vor ihnen gestanden hätte.

Zufrieden nickte er und warf einen Blick über die weitläufige Felsenlandschaft der Eisbärenanlage. Es gab zwei Öffnungen, die mit starken Stahltoren gesichert waren. Dahinter befand sich die Innenanlage, wo die Eisbären die Nacht verbrachten.

„Gut gesichert", murmelte der Unbekannte vor sich hin. „Man sollte sich nie zu sicher fühlen." Wieder verzogen sich seine Mundwinkel zu einem Grinsen, das gar nichts Freundliches hatte. Es war hart und grausam. Als Nächstes steuerte der Verkleidete das neue Koalahaus an. Bald würden die Koalas eintreffen. Bestimmt würden sie die große Sensation werden. In allen Zeitungen würden Bilder abgedruckt werden und die Leute würden Schlange stehen, um die putzigen Tiere zu sehen.

Der Unbekannte mit der Perücke hatte nicht vor, die Koalas putzig zu finden. Sie waren ihm völlig gleichgültig. Genauso gleichgültig wie die Flusspferde, die Pinguine, die Robben, Trampeltiere, Elefanten, Orang-Utans und Flamingos. Ihn interessierte nur sein Plan. Das Nachdenken darüber bereitete ihm große Freude und Befriedigung. Er malte sich in Gedanken schon aus, was in den nächsten Wochen im Zoo alles geschehen würde.

Bisher hatte es nur Jubelmeldungen über den Zoo von Bingenstadt gegeben. Doch das würde sich ändern. Dafür würde er sorgen.

„So sollte es immer bleiben!“ Penny seufzte zufrieden und räkelte sich. Gegen Elvis gelehnt saß sie auf einer Bank im Wald und hatte den Kopf weit nach hinten gelegt. Über den blauen Himmel zogen weiße Quellwolken in unterschiedlichen Größen und Formen.

Elvis deutete auf zwei längliche Wolken, die knapp nebeneinander schwebten und langsam miteinander verschmolzen. Die Umrisse erinnerten an zwei stehende Menschen. „Das sind wir“, sagte er und lächelte vor sich hin.

Penny legte den Kopf noch weiter in den Nacken, bis sie in seine Augen sah, und erwiderte sein Lächeln.

Robin, Pennys Berner Sennenhund, hatte bisher in einem Streifen Nachmittagssonne gelegen, der durch die Bäume fiel. Von Eifersucht geplagt stand er nun schwerfällig auf, streckte sich einmal kräftig und trottete dann zu seinem Frauchen. Mit einem heftigen Schnauben ließ er seinen schweren Kopf in ihren Schoß fallen. Übersetzt hieß das so viel wie: „Jetzt bin ich wieder an der Reihe. Streicheln, kraulen und loben! Vollen Service, bitte!“

Natürlich verstand ihn Penny und er bekam, was er wollte. Davon war aber Milli, die kleine schwarze Tempelhündin, nicht begeistert. Auch sie hatte die Sonne genossen und trippelte nun nervös vor der Bank hin und her. Die wuschelige Hündin setzte zum Sprung an und landete auf Pennys ausgestreckten Beinen. Wie ein

Zirkushund balancierte die wuschlige Hündin über ihr Frauchen und drängte sich zwischen Penny und Robins Kopf. An Pennys Brust stellte sie sich auf und begann, ihrem Frauchen über das Gesicht zu lecken.

„Was soll das jetzt? Meinst du, ich habe mich heute noch nicht gewaschen?", lachte Penny.

Von hinten meldete sich Elvis. Er knabberte zart am Rand ihres Ohres und sagte mit gespielter Eifersucht: „Die Hunde kommen immer vor mir. Sie werden viel mehr beachtet als ich. Mich verwendest du nur als Rückenstütze. Gekrault werde ich nie."

Wieder neigte Penny den Kopf ganz weit nach hinten. Elvis beugte sich zu ihr und küsste sie zärtlich.

Über ihnen trällerten die Vögel ihre fröhlichen Lieder, die nur im Frühsommer zu hören waren. Der Wald war erfüllt von Frieden und Ruhe.

Als Penny erneut zu den Wolken sah, trieb der Wind die beiden menschlichen Gestalten gerade wieder auseinander. Es sah fast ein wenig brutal aus, wie er die eben verschmolzenen Wolken wieder zerriss. Ein böses Omen!, dachte Penny. Doch sie schob den Gedanken energisch zur Seite und sah sich nach einer anderen Wolke um, in die sie etwas Angenehmeres hineindenken konnte.

Aus Elvis' Hosentasche kam ein drängendes Piepsen.

„Ich muss zurück", sagte er und klang dabei traurig. „Der Doc braucht mich dringend. Wir haben heute noch vier Operationen vor uns. Seit ein paar Wochen stürmen die Leute die Praxis."

Penny richtete sich auf und fuhr sich mit den gespreizten Fingern durch die langen blonden Haare.

„Vati freut sich bestimmt darüber. Nach der Flaute im Januar und Februar war er ziemlich besorgt."

Pennys Vater war der Tierarzt Dr. Matthias Moosburger. Elvis arbeitete als Tierpfleger und Assistent in der Praxis von Dr. Moosburger und wohnte auch im gemütlichen alten Bauernhaus der Familie, das früher einmal Teil einer Hammerschmiede gewesen war.

Die Wolken, die sich zuerst aneinander geschmiegt und verbunden hatten und danach wieder auseinander gerissen worden waren, hatten in Penny ein unruhiges Gefühl ausgelöst. Sie setzte Milli auf den Boden und schubste Robin, damit dieser seinen Kopf aus ihrem Schoß hob.

„Glaubst du, dass es immer so schön bleiben wird wie jetzt? Mit uns?", fragte sie Elvis aus einem Impuls heraus.

Überrascht sah Elvis sie von der Seite an. Seine dunklen, fast schwarzen Haare standen stachelig in die Höhe. Aus seinen Augen sprühte ein fröhliches Glitzern.

„Wie kommst du darauf?"

„Nur so."

„Na klar!" Elvis schlang seinen Arm um Pennys Schultern und drückte sie an sich. „Klar bleibt es so schön. Mich wirst du nicht so schnell wieder los."

Penny wusste nicht warum, aber es hatte sie ein unbehagliches Gefühl beschlichen. Lag es daran, dass sie sich zur Zeit so besonders wohl fühlte und so viel Glück und Freude nicht traute? Energisch schob sie die bedrückenden Gedanken beiseite.

Ein Traum wird wahr

Die Hammerschmiede der Moosburgers erinnerte, wenn man vom Wald kam, an ein schwarz-weißes Kaninchen, das sich in eine Grube kuschelte. Der untere Teil des Hauses war weiß verputzt, der obere Teil mit dunklem Holz verkleidet. Gegenüber, direkt am Bach, der durch die Senke gluckerte, befand sich das Gebäude, in dem früher die Hämmer geschlagen hatten. Heute beherbergte es Ställe und eine Garage.

Hinter dem Haus waren zwei Koppeln, auf denen Tiere lebten, die aus verschiedenen Gründen bei den Dr. Moosburgers gelandet waren. Es gab zwei Esel, von denen einer stumm und der andere fast blind war, mehrere Pfaue, die zwar keine Räder schlagen, dafür aber umso lauter schreien konnten, ein Kaninchen, das nur ein Ohr hatte, vier Ziegen, die sich manchmal wie richtige Schläger aufführten, und fünf Hühner, von denen vier hinkten und keine Eier legten.

Der Kies knirschte unter den Reifen eines orangefarbenen kleinen Wagens, der die Zufahrtsstraße heruntergerollt kam. Penny winkte stürmisch. Der Wagen gehörte ihrer Mutter, die für eine Woche in Deutschland gewesen war. Penny freute sich, dass sie endlich wieder heimkam.

„Ich muss zum Doc. Das Wartezimmer ist bestimmt schon wegen Überfüllung geschlossen!“ Elvis deutete auf die Autos, die dicht nebeneinander auf dem Parkplatz vor dem Eingang zur Praxis standen.

Frau Moosburger stieg aus, atmete tief die warme, frische Luft ein und streckte sich nach der langen Fahrt erst einmal gründlich. Zu Pennys Überraschung hatte sie jemanden mitgebracht. Vom Beifahrersitz erhob sich ein stämmiger Mann mit glattem grauem Haar.

„Hallo, Mutti!" Penny lief zu ihrer Mutter und drückte ihr einen herzhaften Kuss auf die Backe.

„Waren die Männer anständig?", erkundigte sich diese scherzhaft und deutete mit dem Kopf auf das Haus.

„Na ja, es geht!"

Die Haustür wurde geöffnet und Kolumbus trat ins Freie. Er war Pennys großer Bruder und hatte vor kurzer Zeit erfolgreich die Schule beendet. Seither fühlte er sich als etwas Besseres und behandelte seine Schwester und den Jüngsten der Familie, Romeo, wie Kleinkinder.

Auf den ersten Blick erkannte Penny, dass Kolumbus etwas Besonderes vorhatte. So gestylt hatte sie ihn noch nie gesehen. Mit viel Gel hatte er seinen widerspenstigen Haarschopf nach hinten frisiert. Über einem weißen T-Shirt mit V-Ausschnitt trug er ein offenes helles Leinenhemd. Seine schwarze Hose hatte keine einzige Knitterfalte.

„Neue Freundin?", fragte Penny ihn spöttisch.

Kolumbus zog verächtlich einen Mundwinkel hoch. Obwohl es warm war, hatte er seine schwarze Lederjacke lässig über die Schulter geworfen. Irgendwie erinnerte er Penny an ein Fotomodell aus einem Modekatalog. Die hielten ihre Jacken auch immer an einem Finger, obwohl das auf die Dauer ziemlich weh tun konnte.

„He, sag schon! Wieso hast du dich so hergerichtet?“, bohrte Penny weiter.

Aus dem Haus stürmte ein achtjähriger Junge mit abstehenden Ohren. „Total verknallt! Total verknallt!“, rief er spottend.

Kolumbus senkte den Kopf und starrte ihn finster an. „Ab heute ist der Fernseher in meinem Zimmer für dich tabu, klar?“

Erschrocken schlug der Junge die Hände vor den Mund, damit nur ja kein weiteres Wort herauskam.

„Spielst du jetzt auf harter Mann?“ Penny konnte das Spotten nicht lassen. Von Kolumbus erntete sie nur ein weiteres Mundwinkelzucken.

Frau Moosburger, die das Wortgefecht ihrer Kinder lächelnd verfolgt hatte, hielt die Wagenschlüssel mit spitzen Fingern hoch und ließ sie klingeln wie ein Glöckchen. Als sie den Mund zu Ermahnungen öffnete, setzte Kolumbus eine flehende Miene auf.

„Ich habe nicht vor, deine fahrende Keksdose gegen den nächsten Laternenmast oder in den Fluss zu fahren. Ich trinke keinen Tropfen und schnalle mich an. Du kannst dir alle Vorträge ersparen.“

Seine Mutter deutete scherzhaft eine Backpfeife an und gab ihm dann die Schlüssel.

Der Mann, der mit Frau Moosburger mitgekommen war, streckte sich und atmete genüsslich die klare Luft ein.

„Schön habt ihr es hier“, stellte er mit anerkennendem Nicken fest.

Kolumbus startet den Wagen und ließ den Motor aufheulen, als befände er sich am Start eines Motocross-Rennens. Den entsetzten Blick seiner Mutter beachtete er gar nicht. Kies wurde weggeschleudert und Staub stieg auf, als er davonschoss.

„Wieso lasse ich mich immer wieder breitschlagen?", seufzte Frau Moosburger. Zu dem Mann sagte sie. „Das also war mein Ältester, Kolumbus, und das ist Penny."

Penny streckte dem Gast die Hand entgegen.

„Freut mich wirklich sehr, denn gehört habe ich schon eine Menge von dir und deinen Hunden."

Fragend drehte sich Penny zu ihrer Mutter.

„Na ja, ich musste doch einen kleinen Lebenslauf von dir abgeben, als ich dich für eine Stelle als Tierpflegerin anmeldete."

Penny war sprachlos vor Freude.

Romeo, der sich vernachlässigt fühlte, trat vor und sagte: „Super! Ich finde, Penny sollte Affenpflegerin werden. Dort passt sie wirklich gut hin."

Ausnahmsweise kam Romeo mit dieser Bemerkung ohne Strafe davon. Penny nahm die Welt rund um sich nicht mehr wahr. Ging ihr Wunschtraum wirklich in Erfüllung?

Frau Moosburger führte ihren Gast ins Haus. Von der Diele führte links und rechts je eine Tür weg. Die linke Tür war der Durchgang zur Tierarztpraxis, hinter der rechten Tür war das Klappern von Töpfen zu hören. Würziger Duft strömte heraus.

„Ich glaube, nach der langen Fahrt brauchen wir beide erst einmal eine Erfrischung", stellte Pennys Mutter fest und öffnete die Tür zur Küche.

Am Herd stand ein drahtiger junger Mann in schwarzer Lederhose und schwarzem T-Shirt. Die

weiße Kochschürze, die er umgebunden hatte, passte irgendwie gar nicht dazu. Er drehte sich um und begrüßte Frau Mossburger fröhlich.

„Was stellt deine neue Frisur dar, Ivan?“, erkundigte diese sich schmunzelnd.

„Ich habe den Monat Juni zum Monat des Waschbären erklärt und ehre dieses Tier mit meinem neuen Look“, erklärte Ivan und rührte heftig in einer Pfanne.

Die Moosburgers waren an Ivans ständig wechselnde Haarfarben und Frisuren bereits gewöhnt. Im Frühling war sein Kopf eine grasgrüne Wiese mit eingeflochtenen Gänseblümchen gewesen, im vergangenen Herbst ein Schachbrett. Den Gardinenring, den er im linken Ohrläppchen trug, beachtete schon lange keiner mehr, genauso wenig wie den silbernen Metallkegel, den er durch die rechte Augenbraue gebohrt hatte.

Der Gast musterte den ausgeflippten Typen am Herd mit einem leichten Schmunzeln.

„Das ist Ivan, unser Haushälter“, stellte ihn Frau Moosburger vor. „Ohne ihn würden wir wahrscheinlich verhungern und halb nackt herumlaufen. Er ist nicht nur ein ausgezeichneter Koch, sondern hat außerdem den ganzen Haushalt fest im Griff.“

Der grauhaarige Mann in der Tür schien leichte Zweifel zu haben. Ivan erkannte es an seinem Blick und erklärte mit unterdrücktem Grinsen: „Erst am Abend verwandle ich mich in einen Vampir und gehe meiner wahren Leidenschaft nach.“

Jetzt lachte auch der Mann, von dem Penny noch immer nicht wusste, wer er war. Frau Moosburger bat ihn, am großen abgebeizten Holztisch Platz zu nehmen, an dem die Familie die Mahlzeiten einnahm. Ein wenig verlegen stand Penny daneben.

„Setz dich doch“, sagte ihre Mutter.

Penny deutete mit den Augen auf den Gast und ihre Mutter verstand.

„Entschuldige, Arthur. Ich habe dich noch gar nicht vorgestellt. Penny, das ist Arthur Friedmann, der Direktor des Zoos von Bingenstadt.“

Von diesem Zoo hatte Penny schon gehört. Er genoss einen sehr guten Ruf, und seit der neue Direktor die Leitung übernommen hatte, entstand dort ein modernes, artgerechtes Gehege nach dem anderen.

„Deine Mutter hat uns bei der Planung der neuen Orang-Utan-Anlage beraten“, erzählte Herr Friedmann. „Margit und ich kennen uns von Tierschutztagungen und ich freue mich sehr, dass wir endlich einmal zusammenarbeiten können.“

„Bei dieser Gelegenheit habe ich Arthur von deinem Wunsch erzählt, in den Ferien einmal als Tierpflegerin im Zoo zu arbeiten“, fuhr Frau Moosburger fort, während sie Mineralwasser aus dem Kühlschrank holte. „So, Arthur, und jetzt bist du an der Reihe.“

So still war Penny selten. Sie ließ sich auf einen Stuhl sinken und sah den Zoodirektor erwartungsvoll an.

„Wir nehmen normalerweise keine Schüler als Praktikanten auf“, begann er. Mit einem Lächeln in Margit Moosburgers Richtung fuhr er fort. „In diesem Fall mache ich jedoch gerne eine Ausnahme. Erwarte aber bitte nicht zu viel.“

Was sollte das bedeuten? Warum sollte sie nicht zu viel erwarten?, fragte sich Penny.

„Tierpfleger machen bei uns eine mehrjährige Ausbildung. Wir betreiben sogar eine eigene Tierpflegerschule. Wenn du vier oder sechs Wochen bei uns arbeitest, kannst du natürlich nur Hilfsdienste leisten und musst den Anordnungen der Pfleger Folge leisten."

„Klar, verstehe ich." Penny nickte heftig.

„Über Tiere im Zoo wirst du viel erfahren. Auch darüber, was wir heute alles tun, um den Tieren eine Umgebung zu geben, die an ihre Lebensweise angepasst ist."

„Das interessiert mich riesig." Pennys Begeisterung wuchs.

„Der Lohn ist ziemlich niedrig", sagte Arthur Friedmann fast entschuldigend.

„Das verkrafte ich", versicherte ihm Penny, deren Herz heftig schlug. Sie hatte nicht damit gerechnet, noch einen Ferienjob im Zoo zu bekommen.

Ihre Mutter hatte allen eingeschenkt und setzte sich nun. „Wo du wohnst, weiß ich auch bereits."

„Aha, wo?"

„Bei Onkel Morris. Erinnerst du dich noch an ihn?"

Penny wusste, dass sie diesem Onkel schon einmal begegnet war. Auf einmal hatte sie einen muffigen Geruch in der Nase und sah ein bekleckertes Hemd und eine fleckige Hose vor sich.

„Er ist doch Maler oder so?"

„Bildhauer! Stimmt. Und ich gebe zu, ein wenig sonderlich. Ich habe mit ihm telefoniert und er war einverstanden, dass du bei ihm wohnst."

Penny wusste nicht, ob sie sich darüber freuen sollte. Allerdings würde sie ohnehin die meiste Zeit im Tiergarten verbringen. Es war fast egal, wo sie schlief. Am liebsten würde sie auch die Nacht über bei den Tieren bleiben.

Die Küchentür wurde aufgestoßen und Elvis trat ein. Er ging mit weichen Knien und tat, als sei er völlig erschöpft. Grüßend hob er die Hand und wandte sich dann Penny zu.

„Könntest du uns einen großen Gefallen tun?“

„Was gibt’s?“

„Frau Natter sitzt im Wartezimmer, mit ihrem Erasmus. Evelyn hat schon vorgefühlt. Erasmus ist bestimmt nicht krank, hat aber wieder eines seiner ‚Probleme‘!“

Penny ahnte, was auf sie zukam, und erhob sich.

„Der Doc kriegt die Krise, wenn die Natter eine Stunde auf ihn einredet, weil …“, Elvis äffte die quengelnde Stimme der Frau nach, „… das Erasmus-Schätzchen immer mit der linken Ohrspitze zittert, wenn der Aushilfspostbote fünf Minuten zu spät kommt.“

Arthur Friedmann warf Frau Moosburger einen fragenden Blick zu.

„Erasmus ist der riesige rote Kater, nicht wahr?“, fragte sie Elvis.

Der Tierpfleger nickte. „Ein Monsterkater, dem sein Frauchen ständig einen Tick andichtet. Ich habe den dringenden Verdacht, dass sie in den Doc verliebt ist und jede Gelegenheit nutzt, um ihn zu sehen. An Ihrer Stelle wäre ich auf der Hut, Frau Moosburger.“ Er zwinkerte Pennys Mutter zu und begab sich dann zurück in die Praxis. Penny folgte ihm.

Kater mit Perönlichkeitsspaltung

Danke, Tochter“, sagte ihr Vater zur Begrüßung. Er war gerade mit einem Dobermann beschäftigt, der ganz und gar nicht wild war, obwohl das oft von dieser Hunderasse behauptet wird. Zitternd kauerte er in einer Ecke des Untersuchungszimmers und winselte kläglich. Hinter seinem Rücken versteckte Matthias Moosburger die Spritze, die er dem Hund verabreichen musste.

Penny ging durch den Operationsraum und die Pflegestation und betrat ein kleines Zimmer mit einem Untersuchungstisch und Schränken mit Medikamenten. Auch die Tierwaage und das Durchleuchtungsgerät standen dort.

Der Grund, warum Dr. Moosburger seine Tochter in diesem Fall um Hilfe bat, lag auf der Hand: Penny war die Einzige, die Erasmus versorgen durfte, wenn seine Besitzerin eine Woche Urlaub machte und verreiste. Sie wusste, wie unkompliziert und fröhlich der Kater war. Allerdings hatte Erasmus sein Frauchen durchschaut. Mittlerweile wusste er, was er anstellen musste, damit sie ihn noch mehr umsorgte und verwöhnte als gewöhnlich. Manchmal hatte Penny den Eindruck, der Kater, der an ein Tigerbaby erinnerte, dachte sich alle paar Wochen einen neuen Tick aus.

Nachdem Penny tief Luft geholt hatte, öffnete sie die Tür zum Wartezimmer. Jeder der Stühle an der Wand war besetzt. Penny zählte auf den ersten Blick vier

Hunde und drei Katzen in Körben. Eine junge Frau hielt einen Vogelkäfig auf dem Schoß, in dem zwei Wellensittiche flatterten, ein Mädchen hatte ihr Meerschweinchen an die Brust gedrückt und streichelte es beruhigend.

Mitten unter den Leuten thronte Frau Natter, die nicht nur durch ihre Körperfülle viel Platz einnahm. Sie verstand es, überall sofort im Mittelpunkt zu stehen und sich wichtig zu machen.

„Penelope, sag Erasmus guten Tag, er braucht das jetzt!“, rief sie, sobald sie Penny erblickte. Frau Natter beugte sich vor zum Türchen des Korbes und sagte wie zu einem Baby: „Sieh nur, Erasmus, Tante Penelope ist da. Mach schön winke-winke.“

Es war für Penny nicht so einfach, sich ein Grinsen zu verkneifen.

„Bitte, Frau Natter, kommen Sie weiter“, sagte sie mit einer einladenden Bewegung auf die offene Tür.

Mit wichtiger Miene stemmte sich Frau Natter in die Höhe und rauschte durch das Wartezimmer. Es schien auf einmal kaum noch Platz für die anderen zu bleiben. Penny schloss hinter ihr die Tür und Frau Natter stellte den Katzenkorb auf der Gummioberfläche des Behandlungstisches ab. Suchend sah sie sich um.

„Wo ist dein Vater?“

„Er kommt bald“, vertröstete Penny die Katzenbesitzerin. Sie spielte große Sorge um den Kater vor. „Was hat denn Erasmus? Ist es sehr ernst?“

Die Speckpölsterchen, aus denen Frau Natters Gesicht bestand, verzogen sich zu einer sehr besorgten Miene. Penny machte sich auf etwas Schlimmes gefasst.

„Ich fürchte, er hat eine Persönlichkeitsspaltung."

Im ersten Augenblick glaubte Penny, sich verhört zu haben.

„Wie bitte?"

„Erasmus hat eine Persönlichkeitsspaltung", wiederholte Frau Natter und ließ ein bekräftigendes Nicken folgen.

„Aha." Penny fiel nicht sofort eine gute weitere Frage ein. „Wie soll ich mir das vorstellen?", hakte sie dann nach.

„Er benimmt sich wie ein Hund!"

Aus dem Korb kam gelangweiltes Maunzen. Erasmus hatte ohne Zweifel etwas dagegen, ständig herumgetragen zu werden. Frau Natter öffnete das Türchen und zog ihn heraus. Düster blinzelte der Kater um sich, ließ sich von der ungewohnten Umgebung aber nicht beeindrucken. Penny streckte ihm den Handrücken hin, an dem er sofort schnupperte. Sein Schwanz schlug hin und her.

„Da siehst du es", rief Frau Natter so laut und spitz, dass Erasmus erschrocken zusammenzuckte. „Er wedelt wie ein Hund. Er freut sich, dich zu sehen, und wedelt. Weil er sich für einen Hund hält."

Aus Erfahrung wusste Penny, dass es nicht sehr klug wäre, Frau Natters Irrtum sofort aufzuklären. Dadurch würde sie höchstens bockig.

„Er erkennt mein Auto am Klang und erwartet mich neuerdings vor der Garage", fuhr sie fort. „Als ich letzte Woche mit Sommergrippe im Bett lag, hat er mich bewacht. Er saß vor meinem Bett und hat den Arzt angefaucht. Und neuerdings bringt er mir Mäuse ins Haus, denen er vorher den Kopf abbeißt." Frau Natter sah tadelnd auf den Kater. „Pfui, pfui, pfui, Erasmus! Das mag Mutti nicht. Außerdem tut das eine brave Katze nicht."

Penny gab vor, sich schnäuzen zu müssen. Sie drehte sich weg und versteckte ihr Gesicht hinter einem Papiertaschentuch, damit Frau Natter ihr Lachen nicht sah. Als sie wieder halbwegs ernst bleiben konnte, wandte sie sich der Katzenbesitzerin erneut zu. Sie streichelte Erasmus über den großen runden Kopf und überlegte sich eine Erklärung, mit der sie Frau Natter zufrieden stellen konnte.

„Kann man das behandeln?", fragte Frau Natter besorgt. „Gibt es Hilfe für Erasmus?"

Wichtig war es jetzt, ihr nicht die Wahrheit zu sagen. Die Wahrheit bedeutete, dass Erasmus ein völlig normaler Kater war. Er wedelte nicht mit dem Schwanz, sondern schlug unruhig hin und her, weil er nervös war. Dass er sein Frauchen im Auto heranfahren hörte, war nur ein Beweis für seine Intelligenz. Wenn sie kam, gab es bestimmt Futter und deshalb erwartete er sie bereits. Und die Mäuse mit den abgebissenen Köpfen bedeuteten, dass er sie nicht für sonderlich fähig hielt. Normalerweise brachten Katzen Mäuse, die noch lebten. Das Schönste für die Katze war nämlich, mit diesen Tieren zu spielen. Dieses Vergnügen wollten sie auch ihrem Menschen gönnen. Bekamen sie aber den Eindruck, dass ihr Mensch das weder schätzte noch konnte, begnügten sie sich damit, ihm Futter zu bringen. Sozusagen: Essen ohne Spaß.

Selbstverständlich hätte Frau Natter diese Erklärungen alle nicht gelten lassen. Zur Zeit lautete das Thema: Mein Erasmus hat eine Persönlichkeitsstörung – und dafür wollte sie eine Behandlung haben.

Bekümmert wartete Frau Natter auf eine Antwort von Penny.

„Es handelt sich bestimmt nicht um eine Persönlichkeitsspaltung“, begann Penny.

Sofort öffnete Frau Natter den Mund, um zu widersprechen. Dazu ließ ihr Penny aber keine Gelegenheit.

„Vielmehr haben wir es mit dem Phänomen zu tun, dass sich Erasmus interessant machen möchte. Erasmus hat sich wohl das Verhalten von Hunden abgeguckt, um auf diese Weise mehr Aufmerksamkeit von Ihnen zu erlangen. Vielleicht haben Sie sich in letzter Zeit nicht genug um ihn gekümmert.“

Sofort wurde Frau Natter schuldbewusst. „Das kann durchaus sein. Ich muss schließlich auch arbeiten, und am Abend war ich oft müde und bin sehr schnell eingeschlafen.“

„Ja, das kann es sein“, bekräftigte Penny.

„Ich werde mich verstärkt um Erasmus kümmern. Mehr Aufmerksamkeit, dann wird er wieder ein normaler Kater, meinen Sie?“ Frau Natter sah Penny fast flehend an.

„Ich würde sagen, dann wird er nicht noch mehr daran setzen, sich in einen Hund zu verwandeln.“

„Ach ja, ich verstehe. Meine Schuld also.“ Erasmus wurde heftig hinter den Ohren gekrault, worauf er sofort wie eine Nähmaschine zu schnurren begann. Nachdem der Kater wieder in seinem Transportkorb verstaut war, verabschiedete sich Frau Natter kleinlaut.

„Meinst du, er nimmt es mir sehr übel, dass ich in letzter Zeit so viel geschlafen habe?“, fragte sie Penny.

„Nein, nein, er wird das verzeihen.“

Mit einem erleichterten Seufzer verließ Frau Natter das Untersuchungszimmer. Nachdem Penny die Tür hinter ihr geschlossen hatte, lehnte sie sich innen dagegen und atmete ein paarmal kräftig durch. Zufrieden lächelte sie vor sich hin. Sie hatte Erasmus gerade zu einem noch besseren Leben verholfen, als er es ohnehin schon führte.

„Hoffentlich kommt Frau Natter nicht schon nächste Woche zurück, weil sich Erasmus ständig versteckt“, dachte sie. Die Liebe seines Frauchens konnte bestimmt erdrückend sein.

Das Abendessen fand erst spät statt. Bis halb neun Uhr hatte Dr. Moosburger in der Praxis zu tun. Erschöpft und ziemlich grau im Gesicht betrat er schließlich die Küche. Ein sehr schlapper Elvis folgte ihm und ließ sich neben Penny auf der Bank an der Wand nieder.

Margit Moosburger machte den Zoodirektor und ihren Mann miteinander bekannt.

„Ich darf in den Ferien einen Monat als Tierpflegerin helfen“, platzte Penny sofort mit der Neuigkeit heraus und sah ihren Vater erwartungsvoll an. Doch der schien sich darüber nicht zu freuen. Auch Elvis ließ den Löffel sinken.

„Als Tierpflegerin? Hm.“ Dr. Moosburger nahm einen großen Schluck Mineralwasser. „Habt ihr das so beschlossen?“ Seine Augen wanderten zwischen Penny und ihrer Mutter hin und her.

„Hast du Einwände?" Margit Moosburger verstand die zurückhaltende Reaktion ihres Mannes nicht.

„Wir besprechen das später", antwortete Dr. Moosburger ausweichend.

Ivan hatte für Penny und Romeo „Pizza California" gebacken, die beide besonders gerne aßen. An diesem Abend aber schmeckte Penny die Pizza nicht recht. Immer wieder sah sie Elvis von der Seite an, der ihre Blicke ohne Zweifel spürte, aber nicht erwiderte.

Nach dem Essen verschwand Romeo nach oben. Da am nächsten Tag Feiertag und deshalb schulfrei war, musste er noch nicht ins Bett. Penny blieb bei ihren Eltern und dem Gast sitzen. Ängstlich wartete sie darauf, dass ihr Vater sein skeptisches Verhalten erklärte. Doch dieser tat nichts dergleichen. Er unterhielt sich sehr angeregt mit Arthur Friedmann über die artgerechte Gestaltung von Tiergehegen und die Neuanschaffung des Zoos: drei Koalas.

„Margit hat mich auf der Autobahn aufgelesen. Mein Wagen hatte eine Panne", erzählte Arthur Friedmann. „Ich bin nämlich hier in Salzburg mit einem Koala-Experten verabredet. Er nimmt an einer Tagung teil, und ich hoffe auf ein paar zusätzliche Tipps und Hinweise, wie wir den Koalas das Leben bei uns so angenehm wir möglich machen können."

„Koalas sind ziemlich empfindlich, wenn ich mich richtig erinnere", sagte Matthias Moosburger.

„Ja, das sind sie. Empfindlich, gefräßig und faul. Sie schlafen den größten Teil des Tages. Ein paar Stunden fressen sie dann Eukalyptusblätter, die für jedes andere Tier giftig sind. Von Bewegung halten sie gar nichts. An vielen Tagen rühren sie sich nicht von dem Ast, auf dem sie hocken."

Elvis konnte ein heftiges Gähnen nicht mehr unterdrücken, entschuldigte sich und stand auf. Penny folgte ihm in die Diele hinaus.

„He, freust du dich nicht mit mir?", fragte sie.

Mit sehr müden und geröteten Augen sah Elvis sie an. Es war ein trauriger Blick.

„Doch, natürlich", sagte er schließlich. „Ich habe nur irgendwie keine Lust, dich einen ganzen Monat nicht zu sehen."

„Du kannst mich doch besuchen kommen. So weit ist der Zoo nicht entfernt."

„Es ist so viel hier zu tun. Wer weiß, ob ich wegkomme."

Penny stemmte die Hände in die Seite. „Du, ich finde das reichlich egoistisch. Ich bin doch nicht dein Haustier, das daheim auf dich wartet, bis du kommst und es streichelst."

„Vielleicht hast du Recht." Elvis stieg die Treppe nach oben in den ersten Stock, wo sich sein Zimmer befand. Er streckte sich und gähnte erneut herzhaft und laut. „Wir reden morgen oder übermorgen. Ich muss jetzt in die Falle."

Penny war ihm gefolgt, blieb aber ein paar Stufen hinter ihm stehen und sah ihm nach. Ihre Freude war getrübt. Wütend war sie auch ein wenig auf Elvis. Wofür hielt er sie? Für das brave Hausmütterchen, das am Herd stand und auf den liebenden Gatten wartete?

„Vielleicht ist er auch nur müde", versuchte sie sich zu beruhigen.

Der Ferienjob

Penny wollte nach oben in das zweite Stockwerk, das Romeo, Kolumbus und ihr vorbehalten war. Nur in Not- und Krankheitsfällen durften Erwachsene es betreten. Die Moosburger-Juniors fanden es toll, dass sie ihr eigenes Reich besaßen. Andererseits bedeutete es aber auch zusätzliche Arbeit, da sie für das Putzen, Bettenmachen und Aufräumen allein zuständig waren.

Penny hatte den Fuß auf die unterste Stufe der Treppe gesetzt, als sie Romeo im Wohnzimmer rufen hörte. Es befand sich im ersten Stock und den Geräuschen nach zu urteilen, saß ihr kleiner Bruder wieder einmal vor dem Fernseher.

„Schnell, kommt schnell!“, rief er immer wieder.

Als sie den Kopf durch die Tür steckte, sah sie den Grund für Romeos Aufregung sofort. Es war Kolumbus. Er war im Fernsehen. Neben anderen Leuten saß er auf einer Bühne. Am unteren Bildrand wurde ein blau-gelber Balken eingeblendet, auf dem stand: „Kolumbus Moosburger – was Mädchen brauchen, ist eine starke Hand“.

„Mieser Macho“, knurrte Penny.

„Ich habe das an meiner Schwester gesehen“, hörte sie den großen Bruder erzählen. „Sie kann eine ziemliche Zicke sein. Es reicht dann meistens, sie einmal kurz anzuschreien. Das festigt die losen Schrauben im Hirn. Meine Freundinnen mögen es auch, wenn ich ihnen klar sage, wo es langgeht.“

Fassungslos ließ sich Penny auf das weiche Sofa neben Romeo sinken. Sie konnte die Augen nicht vom Bildschirm wenden. Kolumbus war normalerweise in Ordnung. Noch nie zuvor hatte sie ihn so reden gehört. Was war in ihn gefahren?

Die Moderatoren der Sendung waren ein flotter Mann in Kolumbus' Alter und ein Mädchen, das Penny sofort um ihre wippende Frisur beneidete. Während der junge Mann grinste, fiel das Mädchen über Kolumbus her.

„Gib's ihm", flüsterte Penny.

Doch Kolumbus ließ sich von den Vorwürfen der Moderatorin nicht beeindrucken. Mit versteinertem Gesicht saß er dort und grinste nur überheblich. Als sie fertig war, wiederholte er, was er vorhin schon gesagt hatte, und setzte noch drauf: „Im Grunde sind Mädchen immer uns Männern unterlegen. Das Denken können sie beruhigt uns überlassen, denn es ist wirklich nicht ihre Stärke. Es gäbe bestimmt mehr Katastrophen durch hysterische Weiber, wenn wir Männer sie nicht halbwegs zügeln würden."

„Spinnst du total?", schrie Penny ihren Bruder im Fernseher an.

Romeo warf ein Kissen nach ihr. „Er kann dich doch nicht hören."

Das war Penny egal. „Hast du gewusst, was er da vorhat?", wollte sie von Romeo wissen.

„Nein. Mir hat er nichts gesagt."

„Wenn der nach Hause kommt!" Penny schwang drohend die Hand. „Der kann was erleben!"

Ihr kleiner Bruder tat so, als müsse er sich vor der gefährlichen großen Schwester verstecken, und zog ein Kissen des Sofas über sich.

„Männer“, sagte Penny verächtlich und stapfte davon.

In dieser Nacht kehrte Kolumbus nicht nach Hause zurück. Er rief an und teilte seiner Mutter mit, dass sie den Wagen am nächsten Vormittag bestimmt zurückbekommen würde.

Arthur Friedmann bat Margit Moosburger, ihm ein Taxi zu rufen. Er hatte ein Hotelzimmer gebucht, da er schon zeitig am Morgen des nächsten Tages den Koala-Experten treffen würde.

Als Ruhe im Haus einkehrte, suchte Penny nach ihrer Mutter und fand sie in der Küche. Penny half ihr, den Geschirrspüler einzuräumen.

„Was hat Vati gegen meinen Ferienjob?“, fragte sie vorsichtig.

Frau Moosburger sah Penny aufmunternd an. „Mach dir da keine großen Sorgen! Ich ahne es und es wird nicht schwierig sein, ihn umzustimmen. Das machen wir schon.“

Penny lächelte zaghaft. Sorgen machte sie sich trotzdem. Weil sie nicht einschlafen konnte, pfiff sie nach den Hunden und machte mit ihnen noch einen Abendspaziergang. Milli und Robin waren begeistert.

Die Entscheidung, wohin sie gehen sollten, nahmen die Hunde Penny ab. Sie wählten den gleichen Weg, den Penny am Nachmittag mit ihnen und Elvis gegangen war.

Die Wolken, die am Abend aufgezogen waren, zerrissen und der Mond schickte sein Licht in die Schneise zwischen den Bäumen. Penny betrachtete die Schatten, die die Bäume in dem sanften Licht warfen. Sie erinnerte sich an das ungute Gefühl, das sie auf dem Heimweg beschlichen hatte.

Ein wenig fühlte sich Penny um ihre Freude über die Stelle im Zoo betrogen. Wieso musste Elvis sich so aufführen? Sie war doch nicht sein Eigentum!

„Männer! Manchmal kann ich euch wirklich nicht verstehen“, brummte Penny missmutig.

In dieser Nacht schlief Penny schlecht. In ihren Träumen tauchte Robin auf, der heftig den Kopf schüttelte. Seine Lefzen erzeugten ein klatschendes Geräusch. Dazu ertönte aus seinem Maul die Stimme von Pennys Vater, der ständig nur „Nein, nein, nein“ sagte.

Draußen vor dem Fenster graute der Morgen, als Penny schweißnass aufwachte. Sie hatte sich im Schlaf bloßgestrampelt. Haarsträhnen klebten an ihrer Stirn und hingen vor ihren Augen.

Ein kleiner Körper landete neben ihren Füßen und suchte sich tastend einen Weg zu ihrem Kopf. Milli spürte immer als Erste, wenn Penny Sorgen hatte, und kam sofort nachsehen.

„Alles in Ordnung“, flüsterte ihr Penny zu. „Ich habe nur schlecht geträumt.“

Sie schüttelte das Kissen auf und zog die Decke wieder hoch. Milli kuschelte sich an ihre Seite und streckte sich genüsslich aus. Es war unglaublich, wie lang sie sich dabei machen konnte.

Von unten kamen Geräusche aus der Diele. Penny wusste, dass es nur einen gab, der um diese Zeit wach sein konnte. Sie schwang sich aus dem Bett und hätte dabei Milli um ein Haar hinuntergestoßen. Bevor der wuschelige schwarze Hund über die Kante rutschte, konnte Penny ihn gerade noch auffangen. Milli blinzelte vorwurfsvoll durch ihre langen Stirnfransen.

„Tut mir Leid“, entschuldigte sich Penny, setzte Milli auf den Boden, fuhr in ihre Pantoffeln, warf sich ihren flauschigen weißen Bademantel über und trat auf den Flur hinaus.

Ganz leise hörte sie ein Klappern, das wohl aus der Küche kam. Sie tappte die Treppe hinunter und traf tatsächlich, wie erwartet, auf ihren Vater. Dr. Moosburger war gerade dabei, sich eine Tasse Tee zu machen. Ungläubig musterte er seine Tochter.

„Es ist Feiertag! Was machst du schon hier?“

„Und du?“, fragte Penny zurück und nahm sich auch eine Tasse aus dem Schrank.

„Zum Glück brauche ich nicht viel Schlaf. Meine Patienten lassen ihn mir nämlich nicht“, erklärte Dr. Moosburger und nahm den elektrischen Wasserkocher, in dem es heftig brodelte. „Ich muss zu einer Hundegeburt. Die Besitzerin befürchtet Komplikationen.“

„Aha!“ Penny warf einen Teebeutel in ihre Tasse und ihr Vater goss siedendes Wasser darüber. Als er fertig war, sah er sie lange an. „Du machst dir wohl Sorgen, ich könnte etwas gegen deinen Ferienjob im Zoo haben?“

Penny schluckte. Ihr Herz schlug schneller.

Ihr Vater zögerte, als müsste er sich genau überlegen, was er jetzt sagte.

„Ich habe Angst, dass du vielleicht die Schule abbrechen möchtest. So wie ich dich kenne, könntest du auf den Geschmack kommen und die Tierpfleger-Ausbildung machen wollen."

„Nein, sicher nicht!"

Herr Moosburger hob die Hand, um Penny zu bremsen. „Sag das nicht! Ich kenne zwei Fälle, in denen es so war. Einer davon wohnt bei uns und heißt Elvis."

„Aber Elvis hat die Schule doch nachgemacht!", warf Penny ein.

„Ja, und es war sehr mühsam für ihn. Bedeutend einfacher wäre es gewesen, er wäre gleich auf dem Gymnasium geblieben."

So ganz von der Hand zu weisen war die Befürchtung von Dr. Moosburger nicht. In letzter Zeit machte Penny die Schule nur wenig Freude. Ihre Noten waren guter Durchschnitt. Zwei aus ihrer Klasse verließen die Schule nach diesem Jahr, um eine Ausbildung zu beginnen. Von einigen wurden sie sehr beneidet, weil sie schon bald eigenes Geld verdienen würden.

„Mir geht es doch gar nicht um das Geld", versicherte Penny ihrem Vater.

Dr. Moosburger nickte. „Das ist es ja. Ich weiß, wie sehr dich der Umgang mit Tieren begeistern wird. Doch du hast das Zeug zu einer ausgezeichneten Tierärztin oder Zoologin. Vielleicht machst du später Verhaltensforschung wie deine Mutter. Dazu musst du aber die Schule beenden und studieren. Ich möchte nicht, dass du dir diese Chance verbaust, Penny. Verstehst du?" Er hatte seine Tochter an den Schultern genommen und sah ihr eindringlich in die Augen.

„Wenn ich dir verspreche, ganz sicher im Herbst wieder zur Schule zu gehen? Darf ich dann den Ferienjob annehmen?“ Penny schenkte ihrem Vater einen treuherzigen Augenaufschlag und das lieblichste Lächeln, das sie zustande brachte. Normalerweise konnte sie ihn damit immer umstimmen.

„Wenn ich es dir verbiete, tust du es ja trotzdem irgendwie“, lachte Herr Moosburger. „Aber ich werde dich an das Versprechen erinnern, falls du es dir anders überlegst.“

Ein Stein fiel Penny vom Herzen. Sie umarmte ihren Vater und drückte ihm einen Kuss auf die Wange.

„Danke!“

Dr. Moosburger tat etwas kaltes Wasser auf den Tee, damit er ihn schneller trinken konnte, verabschiedete sich hastig von Penny und fuhr los, um bei der Hundegeburt zu helfen.

Im Stillen bedauerte Penny ihren Vater, legte auf und wählte die Nummer seines Handys. Es piepte in der geschnitzten Obstschale, die neben dem Telefon stand. Zwischen den Bananen lag das Handy. Es war typisch für Dr. Moosburger, dass er es vergaß.

Auf einmal war sie sehr müde und kehrte in ihr Zimmer zurück. Sie schloss die Gardinen, damit die Sonne nicht hereinscheinen konnte, legte sich ins Bett, spürte noch, wie Milli sich an sie kuschelte, und war danach sofort eingeschlafen.

Schlimme Nachrichten

An Feiertagen fiel das Frühstück bei den Moosburgers meistens aus. Die Familienmitglieder versammelten sich erst zu Mittag in der Küche. Da Ivan frei hatte, mussten sie selbst für ihr Essen sorgen. Frau Moosburger kochte nicht gerne, daher räumte sie alles aus dem Kühlschrank, was zu einem „Mittagsstück" passte. Den Ausdruck Mittagsstück hatte Romeo erfunden und er erinnerte jedes Mal daran, wenn es eines gab. Bald war der Küchentisch voll mit Marmeladegläsern, Käse, Essiggurken, Nougataufstrich, Oliven, Schinken, Eiern, einer Salatgurke, einer Flasche Erdbeersoße und anderen Köstlichkeiten.

Das Lustige und Angenehme an einem Mittagsstück war, dass alle Kombinationen erlaubt waren. Jeder nahm sich eine Scheibe Brot und häufte darauf, worauf er gerade Lust hatte. Keiner verzog das Gesicht, wenn Romeo Schinken und Essiggurken mit Erdbeersoße übergoss. Alles war recht, Hauptsache es schmeckte.

Elvis hatte kleine verschlafene Augen und gähnte immer wieder hinter der Serviette.

„Wo ist eigentlich Kolumbus?", erkundigte sich Dr. Moosburger.

Seine Frau ließ das Brot mit Scheiben von hart gekochtem Ei und Käsewürfeln, das sie gerade zum Mund führte, wieder sinken. „Er hat mein Auto in der Nacht zurückgebracht, ist aber nicht geblieben. Oder?" Sie sah fragend zu Penny und Romeo.

„In seinem Bett hat er nicht geschlafen", meldete Romeo, der mit Vorliebe in Kolumbus' Zimmer herumschnüffelte.

„Aha, und wo treibt er sich herum? Wir sind doch kein Hotel, wo man kommt und geht, wann man will." Missbilligend schüttelte Dr. Moosburger den Kopf.

„Wie wär's mit schwimmen?", fragte Penny Elvis.

An seinem Zögern erkannte sie, dass er schlecht gelaunt war. Manchmal war seine lockere und fröhliche Art wie ausgelöscht und Elvis verwandelte sich in einen in sich gekehrten, verschlossenen Burschen, den man besser nicht ansprach.

„Von mir aus", brummte er schließlich.

Am liebsten hätte ihm Penny an den Kopf geworfen, dass sie gerne auf seine Gesellschaft verzichten konnte. Irgendwie gelang es ihr aber, sich die Bemerkung zu verkneifen.

Es war nach zwei Uhr, als sie auf ihren Fahrrädern am Schotterteich ankamen. Milli thronte im Korb an Pennys Lenkstange, Robin war auf dem Trottoir neben ihr hergelaufen. Es war ein sehr warmer Sommertag und über den strahlend blauen Himmel zogen nur vereinzelte Schönwetterwolken.

Pennys und Elvis' Lieblingsplatz am Schotterteich war eine schmale Landzunge, die ins Wasser vorsprang und an den Ufern von hüfthohen Büschen bewachsen war. Dornenranken hingen von links und rechts wie Bahnschranken über den Zugang zur Landzunge. Die Hunde kannten bereits einen Durchschlupf, durch den sie durchkriechen konnten, ohne einen Kratzer abzubekommen. Penny und Elvis kamen nicht so leicht voran. Immer wieder hakten sich Dornen in ihren Shorts oder T-Shirts fest, und sie mussten sich erst vorsichtig davon befreien.

Endlich standen sie auf der sandigen Fläche, die durch das Buschwerk vor neugierigen Blicken geschützt war. Man fühlte sich wie in einem eigenen Garten.

Penny hatte ihren Bikini schon daheim angezogen. Sie streifte Shorts und T-Shirt ab und stopfte die Sachen in ihre Badetasche. Elvis breitete eine Decke aus und verscheuchte die Hunde, die sich sofort darauf breit machen wollten. Noch immer angezogen ließ er sich auf einer Ecke nieder, als wollte er zu Penny möglichst viel Abstand halten.

Kopfschüttelnd setzte sich Penny neben ihn. „Kannst du mir bitte sagen, was das soll?"

„Was?" Elvis tat, als verstünde er sie nicht.

„Warum bist du so eingeschnappt?"

Elvis ließ sich mit der Antwort Zeit. Viel Zeit. Schließlich brummte er etwas von: „Ich will nicht, dass du so lange fort bist. Du hast gestern selbst gesagt, es soll alles so bleiben, wie es jetzt ist."

Wütend schlug Penny mit der Faust auf die Decke. Das harte Sandgras bohrte sich durch den Stoff und in ihre Haut.

„Das ist ja unglaublich! Du willst mich wohl am liebsten an die Leine legen?"

Der Vorschlag schien Elvis sogar zu gefallen. „He, gute Idee. Wäre auf jeden Fall praktisch und sicher."

„Kolumbus scheint dich mit seinem Macho-Getue angesteckt zu haben. Wofür hältst du dich? Für einen Pascha? Ich bin nicht deine Haremsdame."

Elvis musste über diesen Ausbruch Pennys lachen. „Pass nur auf, dass du nicht aus meinem Harem verstoßen wirst!", spottete er.

Penny lief ins Wasser, bückte sich und spritzte Elvis nass. Da er noch immer seine Klamotten trug, sprang er auf und versuchte, sich mit der Decke zu schützen.

„Hör auf! Lass das!", rief er.

Milli und Robin waren von dem Spiel der beiden begeistert und mischten sich laut bellend ein. Robin packte das freie Ende der Decke und begann daran zu zerren. Er war stark, und da Elvis nicht wollte, dass die Decke zerriss, musste er sie loslassen. Sofort traf ihn ein Wasserschwall, den Penny mit beiden Händen in seine Richtung geschaufelt hatte.

Milli und Robin stürmten zu ihrem Frauchen. Auch sie hatten nichts gegen eine Abkühlung einzuwenden.

Um sich zu rächen, wollte Elvis nun auch in den Teich. Er kämpfte mit dem Knopf seiner kurzen Jeans, als die Hunde wieder aus dem Wasser kamen, sich links und rechts von ihm aufstellten und sich dann gleichzeitig zu schütteln begannen. Ein feiner Sprühregen ging auf ihn nieder. Da er den Knopf einfach nicht aufbekam, machte Elvis eine wegwerfende Handbewegung und rannte samt Shorts und T-Shirt ins Wasser, wo er mit Penny zu balgen begann. Die Hunde waren sofort an ihrer Seite, weil sie nicht genau wussten, ob sie es hier mit Spaß oder Ernst zu tun hatten.

„Alles in Ordnung", beruhigte sie Penny lachend, bevor Elvis sie wieder unter die Wasseroberfläche zog. Als die zwei auftauchten, hielten sie einander fest und sahen sich tief in die Augen.

„Wirklich alles in Ordnung?“, fragte Penny.

Statt einer Antwort küsste Elvis sie sanft.

Die Ferien begannen neun Tage später, am Freitag. Bereits für Sonntag war Pennys Reise nach Bingenstadt geplant.

Schon am Samstag begann sie zu packen. Mindestens vier Wochen würde sie in Bingenstadt bleiben, und für so lange Zeit brauchte sie einiges an Kleidung. Während sie verschiedene Sachen aus ihrem Schrank zog, sich an den Körper hielt und sich damit im Spiegel betrachtete, kam Romeo zu ihr ins Zimmer. Er machte ein sehr trauriges Gesicht.

„Fahr nicht weg!“, jammerte er.

„Wieso? Du hast doch erst vor ein paar Tagen zu deinem Freund Markus gesagt, dass du mich am liebsten auf den Mond zaubern würdest.“

Romeo hob die Arme und ließ sie wieder fallen. „Das war vor ein paar Tagen. Und da hast du mich auch geärgert, weil du Mutti gepetzt hast, dass ich nicht gebadet habe. Aber wenn du fort bist, wird es hier stinklangweilig.“

„Du hast doch Ferien!“

„Eben. Ferien. Und ich muss die ganze Zeit hier sein. Ohne dich und ohne Kolumbus!“

Seit der Fernsehsendung, in der Pennys großer Bruder aufgetreten war, war er nicht mehr nach Hause gekommen. Zweimal hatte er angerufen und mitgeteilt, dass er mit seinem besten Freund Klaus eine Tour nach Griechenland unternehmen würde. Die Eltern waren verärgert, weil er einfach verschwunden war. Penny ahnte, dass irgendetwas anderes dahinter steckte, sprach den Verdacht aber nicht laut aus.

Die Zimmertür wurde energisch aufgestoßen und Milli und Robin trotteten herein. Es war zu spät. Sie hatten den offenen Koffer auf dem Bett sofort erspäht und wussten, was er bedeutete: Ihr Frauchen verreiste. Nun begann für sie das bange Warten, ob sie mitgenommen wurden oder nicht. Milli kauerte sich wie ein Häuflein Elend in eine Ecke und Robin setzte sich neben den Koffer und schickte vorwurfsvolle Blicke in Pennys Richtung.

Es klopfte und Elvis trat ein. In der Hand hielt er eine Zeitung.

„Na, schon gesehen?“, fragte er. In seiner Stimme schwang etwas mit, das Penny nicht gleich deuten konnte.

Sie nahm ihm die aufgeschlagene Zeitung aus der Hand und sah ein Foto, das einen Elefanten mit abgebrochenem, blutendem Stoßzahn zeigte. Es war ein grausames Bild, das ihr Gänsehaut verursachte.

„Qualen im Musterzoo“, lautete die Schlagzeile.

Der Artikel berichtete von einem Elefantenpfleger aus dem Zoo von Bingenstadt, der gekündigt hatte, weil er die katastrophalen Zustände nicht länger ertragen konnte.

In einem Interview sagte er: „Die Elefanten werden regelmäßig angekettet und sogar geschlagen. Bei einer Prügelaktion ist die Elefantenkuh gegen ein Metalltor geprallt und hat sich dabei den Stoßzahn abgebrochen. Die Wunde wurde vom Tierarzt nicht verarztet und hat bald geeitert. Direktor Friedmann ist das völlig egal. Er wird immer als großer Tierfreund dargestellt, ist in Wirklichkeit aber nur ein Blender."

Ungläubig drehte Penny langsam den Kopf hin und her. „Das glaube ich nicht."

„Wenn es aber in der Zeitung steht?" Elvis sah sie herausfordernd an. Noch immer war er nicht ganz damit einverstanden, dass Penny den Ferienjob angenommen hatte. Sie wusste jetzt auch, was sein Tonfall beim Eintreten zu bedeuten hatte. Er wollte ihr unter die Nase reiben, in welche Tierquäler-Anstalt sie sich begab.

„Ein Grund mehr für mich, im Tierpark von Bingenstadt zu arbeiten", erklärte sie sachlich. „Dort scheint etwas nicht zu stimmen, und du kannst sicher sein, dass ich alles daransetze, es herauszufinden."

Sie sah aus den Augenwinkeln, wie Elvis die Schultern sinken ließ. Hatte er wirklich gehofft, sie würde sich von diesem Artikel abschrecken lassen? Da kannte er sie aber schlecht.

„He, jetzt mach doch nicht ein Gesicht wie ein Hund, dem man den Knochen weggenommen hat!" Penny umarmte ihn und drückte ihn. Zuerst spürte sie noch den Widerstand in Elvis, schnell aber wurde er locker und erwiderte die Umarmung.

„Ich will einfach nicht, dass du dorthin gehst", gestand er leise.

Sie sagte nichts drauf. So standen sie nur da und hielten einander ganz fest. Lange dauerte die Umarmung allerdings nicht, da Milli und Robin sich wie immer eifersüchtig dazwischenschoben.

„Nimm die zwei mit", riet ihr Elvis. „Erstens halten

wir alle das Geheule nicht aus, wenn du länger als einen Tag fort bist, und zweitens passen sie auf dich auf."

„Ich kann selbst auf mich aufpassen", schnappte Penny.

„Weiß ich doch. Es ist nur irgendwie ein besseres Gefühl, wenn du Milli und Robin bei dir hast."

Das mit dem Heulen war eine neue Angewohnheit der Hunde. Ließ Penny sie länger als einen Tag allein, setzten sie sich in die Diele, legten die Köpfe nach hinten und stimmten ein schauriges Geheule an. Nichts und niemand konnte sie stoppen.

„Ja, ihr kommt mit", sagte Penny zu den Hunden, die sofort die Ohren spitzten. „Mitkommen" war für sie ein Zauberwort, das sie im nächsten Moment begeistert durch das Zimmer toben ließ.

„Nur ich muss hier bleiben", sagte Elvis düster.

„Nein, bitte, fang nicht schon wieder damit an!", rief Penny.

„War nur Spaß!", erwiderte Elvis lachend.

Später, als Penny nach unten kam, telefonierte ihre Mutter gerade und bedeutete ihr zu warten. Sie beendete das Gespräch und trat mit Penny vor das Haus in die Sonne.

„Du hast sicher schon von der schlimmen Sache mit den Elefanten im Zoo von Friedmann erfahren! Ich habe gerade mit ihm gesprochen. Arthur ist außer sich. Die ganze Geschichte ist von A bis Z erstunken und erlogen. Der Elefantenpfleger hat den Tiergarten nicht freiwillig verlassen. Ihm wurde gekündigt, weil er seine Arbeit schlecht gemacht hat und mehrere Male betrunken war."

Aufmerksam hörte Penny zu.

„Das Bild in der Zeitung zeigt eine Operation. Die Elefantendame Lola hatte tatsächlich eine Eiterung am Stoßzahn und wurde vom Tierarzt operiert. Daher das Blut und die Wunde."

„Der Tierpfleger wollte sich rächen", folgerte Penny aus dem, was ihre Mutter gerade erzählt hatte.

Frau Moosburger schnaubte. „Arthur ist außer sich, weil genau das nicht zutrifft. Der gekündigte Tierpfleger ist nach Australien zu seiner Schwester geflogen. Vor mehr als sieben Wochen ist er abgereist und zwei seiner Freunde haben Arthur versichert, dass ganz bestimmt nicht er hinter dem Artikel steckt. Er hätte nämlich eingesehen, dass er selbst Schuld an der Kündigung hatte, und wollte in Australien ein Jahr lang auf der Farm seiner Schwester arbeiten, um sich zu sammeln und auf einen besseren Weg zu kommen."

„Ist ja seltsam", murmelte Penny.

„Auf jeden Fall laufen im Zoo die Telefone heiß, Fernsehsender sind bereits aufgetaucht und wollen Berichte drehen, und Arthur Friedmann steht auf einmal im Schussfeld. Du kannst mir glauben, ich bin wirklich sehr kritisch, was Tiergärten angeht. Sein Zoo aber ist in Top-Zustand. Das verdient er wirklich nicht."

Penny kam ein Gedanke, der ihr Angst machte. „Darf ich trotzdem hin?"

„Ja, natürlich. Arthur kann dich aber nicht wie vereinbart am Bahnhof abholen. Du sollst dir bitte ein Taxi zu Onkel Morris nehmen und dich am Montag um acht Uhr in der Zoodirektion melden."

„Alles klar." Penny hatte damit kein Problem.

Draußen bleiben!

Am Sonntag nach dem Mittagessen ging die Reise los. Alle wollten mitkommen, um Penny zum Bahnhof zu begleiten. In Dr. Moosburgers Geländewagen wurde es eng. Nicht einmal die Hunde, die wie immer im Laderaum mitkamen, hatten genug Platz. Penny hatte nicht nur einen Koffer dabei, sondern auch eine voll gefüllte Reisetasche. Während die Eltern Moosburger vorne saßen, drängten sich auf der Rückbank Romeo, Penny und Elvis. Penny und Elvis war es allerdings nicht unangenehm, so dicht beisammen zu sitzen.

Es war überraschend viel Verkehr, und so erreichten sie den Bahnhof erst fünf Minuten vor Abfahrt des Zuges. Penny hatte auf der Rückbank kniend den Hunden Maulkörbe umgeschnallt, was sowohl Milli als auch Robin für eine Beleidigung hielten und nur nach viel gutem Zureden über sich ergehen ließen.

Herr Moosburger trug den Koffer, Elvis schleppte die Tasche, Penny trug Milli und Frau Moosburger trieb Robin an. So hetzten sie durch die Abfahrtshalle zum Bahnsteig. Eine Lautsprecherstimme verkündete bereits die Abfahrt des Zuges.

Gleich bei der ersten Tür der langen Waggonkette blieb Herr Moosburger stehen und schob den Koffer hinein. Elvis ließ die Tasche folgen. Für lange Verabschiedungen blieb keine Zeit. Ihre Eltern und Elvis drängten gleichzeitig zu Penny, um sie zu umarmen und zu küssen, bevor sie mit Milli den Zug bestieg.

Romeo stand etwas abseits und brummte in sich hinein, dass er froh war, dem Geknutsche entkommen zu sein.

Mit einem Ruck setzte sich der Zug in Bewegung. Penny hatte ein Fenster hinuntergeschoben und winkte den Zurückbleibenden. Elvis warf ihr eine Kusshand zu.

Der Zug ließ den Bahnhof hinter sich und Penny schloss das Fenster. Um mit den Hunden nicht durch alle Waggons wandern zu müssen, setzte sie sich gleich in das erste Abteil, das leer war. Robin rollte sich zu ihren Füßen ein und Milli war beleidigt, weil sie nicht auf den Sitz springen durfte.

Draußen flog die Landschaft vorbei. Ein wenig mulmig war es Penny schon zu Mute. Es war vor allem die Angst vor dem Unbekannten, das auf sie zukam.

Die Moosburgers gönnten sich noch ein Eis und kehrten dann in die Hammerschmiede zurück.

„Irgendwie ist es sehr still ohne Penny und die Hunde“, stellte Dr. Moosburger fest.

Romeo tröstete ihn: „Wenn du mehr Krach haben willst, dafür kann ich sorgen.“

Auch Frau Moosburger hatte der Abschied traurig gemacht. Um sich abzulenken, nahm sie die Obstschale von der Bauerntruhe in der Diele und brachte sie in die Küche. Sie wollte die Schale reinigen und kontrollieren, ob noch alles Obst in Ordnung war.

Ivan, der wirklich gründlich war, hatte in letzter Zeit sehr viel zu tun gehabt und deshalb immer nur frisches Obst obenauf gelegt. Die unteren Früchte waren bereits am Verfaulen. Dazwischen entdeckte Frau Moosburger noch etwas. Es war ein brauner Briefumschlag aus Bingenstadt. Laut Poststempel war er vor ein paar Tagen abgeschickt worden. Jemand hatte ihn zwischen die Früchte gesteckt, damit er sofort auffiel, doch irgendwie war der Umschlag tiefer gerutscht.

Der Brief war von Onkel Morris. Frau Moosburger überflog die handgeschriebenen Zeilen und stöhnte: „Oh nein, die arme Penny!"

Sie versuchte Penny auf ihrem Handy zu erreichen, doch ohne Erfolg. Pennys Ankunft würde nicht angenehm werden, das stand fest.

Die Fahrt nach Bingenstadt dauerte vier Stunden. Da die Hunde schliefen, konnte Penny lesen und die Zeit verflog rasch.

Es nieselte leicht, als der Zug in den Bahnhof einfuhr. Das gewölbte Glasdach der Bahnhofshalle wurde von Säulen mit Verzierungen getragen. Im Kontrast zu diesem alten Teil standen die modernen Anzeigetafeln und Bänke, die auch aus einer Raumstation hätten stammen können.

Auf einem Plakat prangte eine Eisbärmutter mit zwei Jungen. Große gelbe Buchstaben luden zu einem Besuch im Tierpark von Bingenstadt ein. Mit giftgrüner Farbe hatte jemand quer über das Plakat *Tierquäler* gesprüht.

Es war für Penny nicht einfach, mit ihrem Gepäck und den Hunden zurechtzukommen. Sie hatte Angst, einer der beiden könnte im Menschengewühl weglaufen. Mit Milli war ihr das bei anderen Gelegenheiten schon passiert. So warf sie zuerst die Tasche auf den

Bahnsteig und trug dann die Tempelhündin hinaus. Robin folgte und setzte sich gehorsam, als Penny ihm den Befehl dazu gab.

„Gut festhalten“, trug sie ihm auf und fädelte Millis Leine durch das Geflecht seines Ledermaulkorbs. Gehorsam nahm der Berner Sennenhund die Leine ins Maul. Penny konnte ihren Koffer holen und atmete erleichtert durch. Sie nahm die Tasche in die eine Hand, den Koffer in die andere. Robin trabte mit ernster Miene los. Er nahm die Aufgabe, Milli an der Leine zu führen, sehr ernst. Im Gehen lobte ihn Penny und behielt ihn ständig im Auge.

Außer ihr waren nur wenige Leute ausgestiegen. Überhaupt sah es so aus, als würden viel mehr Leute abfahren als ankommen.

Durch eine große Glastür verließ Penny mit den Hunden das Gebäude. Die Blicke vieler Leute folgten ihr. Einige zeigten mit dem Finger auf die beiden Hunde und lachten amüsiert.

In einer langen Schlange standen Taxis vor dem Bahnhof. Doch erst der vierte Fahrer war bereit, Penny, Milli und Robin mitzunehmen. Das Taxi war ein Kombi mit großer Ladefläche, auf der es sich die Hunde sofort bequem machten.

„Nicht sehr hundefreundlich, Ihre Kollegen“, beschwerte sich Penny bei dem grauhaarigen Taxifahrer. Er blickte sie über den Rückspiegel an und meinte entschuldigend: „Schlechte Erfahrungen mit schlecht erzogenen Hunden. Das musst du verstehen.“

„Zum Glück habe ich Sie gefunden“, meinte Penny und nannte die Adresse von Onkel Morris.

Der Fahrer hob überrascht die buschigen Augenbrauen, die in der Mitte fast zusammengewachsen waren.

„Was willst du denn dort?"

„Wohnen. Wieso?"

„Wohnen? Beim alten Morris wohnen?" Er schüttelte den Kopf, als hätte ihm jemand vorgeschlagen, mit dem Taxi auf den Mount Everest zu fahren. „Kennst du den alten Spinner?"

„Er ist mein Onkel!", antwortete Penny fast ein wenig beleidigt.

„Verzeihung, ich wollte dir nicht zu nahe treten!" Der Fahrer blinkte und reihte sich in den Verkehr ein. Nach ein paar Minuten, in denen im Wagen kein Wort gesprochen wurde, war Pennys Neugier zu groß.

„Was wissen Sie über meinen Onkel? Wieso glauben Sie, dass ich nicht bei ihm wohnen kann?"

„Du hast ihn wohl schon lange nicht gesehen?"

„Mehrere Jahre nicht."

Der Fahrer nickte. „Er ist mehr als eigenwillig. Außerdem trüge man in seiner Gegenwart am besten einen Schutzhelm und eine Ritterrüstung."

„Wieso das?"

„Er – wie soll ich sagen – er hat in den letzten Jahren einen Verfolgungswahn entwickelt und denkt ständig, jemand sei hinter ihm her, um ihm etwas anzutun. Ich habe ihn vor ein paar Monaten abgeholt. Da er auf mein Klingeln hin nicht geöffnet hat, bin ich hineingegangen. Die Tür war nicht abgesperrt. Ein Hammer ist mir entgegengeflogen. Ein schwerer Hammer, wie er ihn für seine Bildhauerei verwendet."

„Nette Aussichten", seufzte Penny.

Erst kurz bevor sie ihr Ziel erreichten, fiel Penny ihr Handy ein. Wieso hatte es kein einziges Mal gepiept? SMS hatte sie auch keine empfangen. War Elvis noch immer sauer? Als sie das Telefon aus der Tasche holte, stellte sie fest, dass der Akku leer war. Sie hatte vergessen, ihn zu laden.

Das Taxi hielt vor einem blassgelben Haus, das direkt an die Straße gebaut war. Die Fenster waren vergittert und das bogenförmige Tor geschlossen. Mit Koffer, Tasche und Hunden stand Penny davor und sah dem davonfahrenden Taxi nach. Es gab keinen Klingelknopf, nur einen Glockenzug, wie sie ihn von alten Bauernhäusern kannte. Penny zog einmal kräftig und hörte es im Inneren des Hauses läuten. Das Geräusch war laut und unangenehm.

Geöffnet wurde ihr nicht. Auch das zweite und dritte Mal läuten bewirkte nichts. Sie versuchte die Tür zu öffnen, doch diese war abgeschlossen.

Plötzlich bellte Robin und fixierte das Fenster rechts vom Tor. Penny sah, dass die Gardine von innen bewegt wurde. Jemand schien sie zu beobachten.

„Onkel Morris? Hallo? Ich bin es, Penny!", rief sie.

Die Scheiben klirrten und das Fenster wurde geöffnet. In dem schmalen Spalt tauchte ein zerknittertes Gesicht auf.

„Die Hunde kommen mir nicht ins Haus. Ich habe es deiner Mutter geschrieben", keifte eine dünne, hohe Stimme heraus. „Und nur eine kleine Tasche, ich habe keinen Platz. Fahr wieder weg! Du kannst hier nicht bleiben."

Vor Schreck bekam Penny weiche Knie. Sie war allein in einer fremden Stadt. Soviel sie wusste, fuhr heute kein Zug mehr zurück. Sie musste also bleiben.

Das Fenster wurde mit Nachdruck geschlossen.

„Onkel Morris, bitte, mach auf! Wir können das alles bereden. Ich wusste nicht, dass du keine Hunde magst."

Als der Onkel kein Zeichen gab, läutete Penny Sturm. Nein, so ließ sie sich nicht abspeisen. Immer wieder zog sie heftig an dem Griff und ließ drinnen die Glocke dröhnen. Es dauerte eine Weile, bis das Fenster wieder aufgerissen wurde und der Onkel herausschrie: „Ruhe! Oder muss ich die Polizei holen?"

„Ja, hol sie nur! Ich sage ihr gern, dass du deine Nichte auf der Straße schlafen lassen willst", gab Penny zurück.

„Du hast dich nicht an die Vereinbarung gehalten", verteidigte sich ihr Onkel.

„Ich weiß nichts von einer Vereinbarung."

Ohne ein weiteres Wort wurde das Fenster zugeschlagen. Penny griff schon wieder nach der Klingel, als sie von drinnen schlurfende Schritte hörte. Umständlich wurde ein Schlüssel im Schloss umgedreht und das Tor aufgemacht.

Onkel Morris war kleiner als Penny und so dürr, dass es aussah, als könnte ihn ein heftiger Wind umwehen. Er trug ein bodenlanges, weißes Gewand, das an ein altmodisches Nachthemd erinnerte. Die wenigen weißen Haare auf seinem Kopf standen wie Federn ab.

Mit angeekeltem Blick musterte er die Hunde

„Ich hasse Hunde. Hier kommen sie nicht herein."

„Erst einmal guten Tag, Onkel Morris", sagte Penny

und gab sich große Mühe ruhig zu bleiben. „Ich soll dir die besten Grüße von Mutti und Vati ausrichten."

„Ach ja?"

„Bitte, lass mich wenigstens eine Nacht hier schlafen! Morgen beginne ich meine Arbeit im Tiergarten und bestimmt kann ich dort irgendwo wohnen."

„Nein."

Penny sog die Luft heftig durch die Nase ein. Am liebsten hätte sie das Männchen an seinem lächerlichen Nachthemd gepackt und geschüttelt.

„Gut, dann sag mir bitte, wo ich hingehen soll!"

Onkel Morris schwieg. Sein Blick wanderte zwischen Penny und den Hunden hin und her.

„Hunde bringen Flöhe und Dreck ins Haus. Können sie nicht im Freien schlafen?"

„Nein, das können sie nicht. Das sind sie nicht gewohnt, und wahrscheinlich würden sie die ganze Nacht heulen. Außerdem hat keiner meiner Hunde Flöhe und beide sind sehr sauber", erklärte Penny bemüht ruhig.

„Nur eine Nacht." Der Onkel öffnete das Tor so weit, dass Penny endlich eintreten konnte. Sie betrat durch eine gewölbte Einfahrt einen gepflasterten Innenhof. Links führte eine Tür ins Haus.

„Nein, hier nicht!" Onkel Morris schlug die Tür zu und ging Richtung Hof. Zur Rechten stand ein Pavillon mit Glasfenstern, durch die Penny steinerne Skulpturen sehen konnte. Dahinter war ein Bretterschuppen angebaut. Zu ihrem Entsetzen führte der Onkel Penny genau dorthin. Er öffnete die Tür und deutete hinein.

„Hier hat früher immer mein Helfer übernachtet. Wird gut genug für euch sein."

Friedensstifter

Penny schluckte und steckte den Kopf durch die dunkle Öffnung. Zwischen Regalen mit Werkzeug, einem zerschlissenen Liegestuhl und einem Schlauchboot, das schlaff von einem Haken hing, lag eine Matratze auf dem Boden. Als Garderobe diente ein Nagel in der Wand. Milli und Robin schoben sich an Penny vorbei und schnüffelten den Raum ab. Milli streckte sich wie eine Prinzessin auf der Matratze aus.

„Gibt es auch ein Badezimmer?“, fragte Penny, der aus Verzweiflung Tränen in die Augen stiegen.

„Ja, aber die Hunde …“

„Die Hunde brauchen es nicht, sondern ich!“, schrie Penny den alten Mann an.

Morris zuckte zurück.

„Wenn sie dableiben, zeige ich es dir.“

Penny redete beruhigend auf Milli und Robin ein, die sie besorgt musterten. Zur Sicherheit schloss sie ab, weil ihr die zwei sonst bestimmt nachgekommen wären.

Der alte Onkel führte sie zur Tür, die vom Bogengewölbe abzweigte. Zwei Stufen führten in eine Diele. Ein säuerlicher Geruch schlug Penny entgegen. Ihre Augen mussten sich erst an das Halbdunkel gewöhnen, in dem der Raum vor ihr lag.

Langsam erkannte sie, was die Schatten zu bedeuten hatten, und sie schüttelte ungläubig den Kopf. So etwas hatte sie noch nie zuvor gesehen!

Der gesamte Unterstock des Hauses bestand aus einem einzigen großen Raum. Sogar die Trennwände zum Bad und zur Toilette waren weggerissen. Aus der Wand ragte ein Duschkopf, eine Badewanne stand herum, ein angeschlagenes Waschbecken hing schief daneben. Das Klo stand einsam im Raum.

Möbel gab es bei Onkel Morris nur wenige. Ganz genau erkennen konnte Penny das aber nicht, da alle Flächen mit schmutzigen Kleidern, leeren Konservendosen, Verpackungen von Tiefkühlkost, alten Zeitungen und langen Papierbahnen bedeckt waren. Papier und sogar die Innenseite der Kartonverpackungen waren mit wilden Strichen überzogen. Penny erkannte Umrisse von Figuren, wie sie sie durch das Glasfenster im Atelier hatte stehen sehen.

Der Onkel spürte Pennys Entsetzen über das Chaos. Es war nicht zu übersehen, dass sie die Nase hochzog, als könnte sie so dem unangenehmen Geruch entkommen, der in der Luft lag.

„Stinkt's?“, fragte Onkel Morris.

Statt eine Antwort zu geben, warf ihm Penny nur einen Blick zu.

„Ich rieche nichts. Ich kann auch nichts schmecken. Vor fünf Jahren haben sie mich im Hals operiert und seither ist alles weg“, entschuldigte sich der Onkel.

„Fühlst du dich hier wohl?“, platzte Penny heraus. Im nächsten Augenblick schämte sie sich für die Frage. Das ging sie nichts an. Schließlich war es das Haus ihres Onkels und er konnte leben, wie er wollte.

Sie hörte, wie er etwas von „teurer Putzfrau“ und „mir kommt kein Fremder ins Haus“ murmelte.

Obwohl Penny dringend auf die Toilette musste, stieß sie die einsame Kloschüssel im Raum ab. Und wo sollte sie duschen? Vor den Augen ihres Onkels? Der Gedanke daran ließ sie schaudern.

Morris hüstelte verlegen und murmelte: „Ich warte wohl besser draußen, was?“ Er zog sich zurück und schloss die Tür hinter sich. Noch immer stand Penny wie erstarrt da. Schließlich aber gab sie sich einen Ruck.

Als sie sich die Hände wusch, hörte sie von draußen tiefes Bellen. Sie wusste sofort, was das zu bedeuten hatte. Robin warnte jemanden. Es war ein drohendes Bellen, das nichts Gutes vermuten ließ. Schnell lief sie nachsehen und fand Onkel Morris gegen die Innenseite des Hoftores gepresst stehen. Er hatte die Hände erhoben, als würde er mit einer Pistole bedroht, und stieß immer wieder ein heiseres „Verschwinde!“ heraus.

Robin hatte sich vor ihm aufgepflanzt und bellte ihn warnend an. Die wuschelige Milli tänzelte zwischen Robins Pfoten herum und gab auch immer wieder ein hohes Kläffen von sich. Es wunderte Penny nicht, dass sich die beiden aus dem Schuppen hatten befreien können. Robin war für Filmdreharbeiten ausgebildet worden und beherrschte zahlreiche Tricks. Da er darüber hinaus sehr gelehrig war, kamen ständig neue Kunststücke dazu.

„Ruf sie weg!“, zeterte der Onkel.

Ein leises Fingerschnippen genügte und Robin verstummte. Lammfromm setzte er sich neben sein Frauchen, die Pfoten artig nebeneinander. Milli folgte seinem Beispiel. Sie tat oft das Gleiche wie Robin, der ihr großes Vorbild war.

„Das haben sie nicht böse gemeint. Sie haben mich gesucht“, sagte Penny entschuldigend. „Meine Hunde bewachen mich immer.“

„Nur Ärger bedeuten sie. Nur Ärger!“, keuchte ihr Onkel.

„Nein, das ist nicht wahr!“, brauste Penny auf. Schützend legte sie die Hand auf Robins Kopf. „Die beiden sind ausgezeichnet erzogen und machen keinen Ärger. Wenn sie allerdings geärgert werden, dann wehren sie sich.“

Wie feindliche Krieger standen sich Penny mit den Hunden und der Onkel gegenüber. Keiner der beiden regte sich, fast als wäre eine Bewegung eine Kapitulation.

Milli, die langes Sitzen nicht mochte, erhob sich, schüttelte sich, wodurch sie besonders wuschelig und flauschig aussah, trippelte zu Morris, setzte sich artig vor seine Füße und hob eine Pfote. Es sah aus, als wollte sie ihm die Freundschaft anbieten.

Pennys Onkel sah verwirrt zwischen Milli und Penny hin und her. „Was ... was will sie von mir?“

„Dir hallo sagen. Sie gibt dir die Pfote.“

„Muss ich sie nehmen?“

„Milli beißt nicht und ist nur freundlich.“

Widerstrebend bückte sich der Onkel. Er streckte vorsichtig die dürre Hand aus, als hätte er es mit einem Tiger zu tun. Milli ließ die Pfote schwer auf seine Finger fallen. Es war ein rührender Augenblick, als sich Morris und Milli Auge in Auge gegenüberstanden und sich die Pfote beziehungsweise die Hand schüttelten.

Ein klein wenig ließ Millis Begrüßung das Eis schmelzen. Vor sich hin murmelnd bot der Onkel Penny etwas zu essen an. Auf einmal war es ihm auch unangenehm, sie im Schuppen schlafen zu lassen. Er führte sie zu einer schmalen, steilen Treppe, die in eine Mansarde führte. Zu Pennys Überraschung gab es dort zwei kleine Zimmer, die sogar hübsch eingerichtet waren. Die Möbel waren alt und aus schwerem Holz, an den Fenstern hingen mit Spitzen umhäkelte Gardinen und auf dem Holzboden lagen verstaubte Flickenteppiche.

Sogar ein winziges Badezimmer gab es. Es war allerdings so klein, dass man die Beine in die Duschwanne stellen musste, wenn man auf der Toilette saß.

Eine graue Staubschicht überzog Möbel und Boden. Sie war völlig unversehrt, was darauf hindeutete, dass die Mansardenzimmer schon lange nicht mehr betreten worden waren.

„Die Hunde aber müssen …“, begann Onkel Morris.

Penny nahm sofort wieder ihre Tasche und erklärte: „Wenn sie nicht hier bei mir schlafen dürfen, dann schlafe ich bei ihnen im Schuppen.“

„Dann sollen sie eben bleiben“, murmelte Morris und machte eine Handbewegung, als wäre jetzt schon alles egal.

Penny fragte nach Eimer, Schrubber, Staubsauger und Putzmitteln. Bevor sie eines der Mansardenzimmer beziehen konnte, war noch einiges zu tun.

Zwei Stunden später war sie erschöpft und von Kopf bis Fuß verdreckt. Bevor sie sich unter die Dusche stellen konnte, musste sie das Wasser lange laufen lassen, da zuerst eine rostige Soße aus dem Brausekopf floss.

Das Nieseln hatte aufgehört, und im Hof stand plötzlich ein klappriger Gasthaustisch mit zwei wackligen Stühlen. Eine Petroleumlampe gab einen flackernden Lichtschein. Aus einer Würstchenbude hatte Onkel Morris für Penny und sich Currywurst und Brot geholt. Die Päckchen im knisternden Papier lagen noch eingewickelt auf dem Tisch.

„Ich esse kein Fleisch", sagte Penny und fügte schnell hinzu, „aber das hast du nicht wissen können. Ist auch kein Problem. Das Brot und die Currysoße tun es auch."

„Wir tauschen. Ich krieg deine Wurst und du noch mein Brot", schlug Onkel Morris vor.

Als Pennys Handy wieder geladen war, rief sie daheim an, um mitzuteilen, dass sie gut angekommen war.

„Aber Onkel Morris erlaubt keine Hunde", meinte ihre Mutter. „Überhaupt hat er hier Regeln geschickt, die völlig verrückt sind. Er muss sehr wunderlich geworden sein."

„Keine Sorge, wir kommen schon zurecht", beruhigte Penny sie. Danach rief sie Elvis auf seinem Handy an, erreichte aber nur seine Mobilbox. Als Penny noch einmal die Nummer der Hammerschmiede wählte, hob Romeo ab. Elvis war laut seiner Auskunft nicht daheim. Wohin er gegangen war, hatte er nicht gesagt.

Als Penny die Taste drückte, um das Gespräch zu beenden, starrte sie düster vor sich hin. Das gefiel ihr nicht. Sie spürte ganz leicht die Eifersucht in sich nagen.

Spaziergang mit Elefanten

Am Montagmorgen wachte Penny schon sehr früh auf. Sie rieb sich die Augen und blinzelte auf ihre Uhr. Es war erst halb sechs.

Milli und Robin sprangen sofort auf und streckten sich genüsslich. Sie hatten einen sechsten Sinn dafür, wann Penny wach war.

Penny machte es ihren Hunden nach und dehnte sich kräftig. Sie gähnte heftig und warf einen Blick aus dem kleinen Dachfenster. Der Tag versprach schön zu werden. Penny spürte die Aufregung vor ihrem ersten Arbeitstag im Zoo.

Nachdem sie sich in dem Mini-Badezimmer gewaschen und die Zähne geputzt hatte, band sie ihre blonden Haare zu einem straffen Pferdeschwanz, schlüpfte in bequeme Jeans und ein nabelfreies T-Shirt und lief mit ihren Hunden die Treppe hinunter.

Das Zimmer ihres Onkels war leer. In einer Ecke lag eine Matratze mit einer schmuddeligen Decke, die nur hastig zurückgeschlagen war.

Als sie in die Einfahrt trat, hörte sie ein Klopfen im Atelier. Neugierig ging sie näher und sah durch eines der Fenster Onkel Morris vor einem Stein stehen, der so hoch wie er selbst war. Mit einer Kraft und Energie, die Penny dem dürren Männchen niemals zugetraut hätte, schlug er mit Hammer und Meißel auf den Stein ein. Ein Arm, der etwas umschlang, war bereits zu erkennen.

Penny klopfte gegen das Glas, doch ihr Onkel bemerkte sie nicht. Sie winkte, erreichte aber auch damit nichts. Schließlich öffnete sie die Tür und rief seinen Namen. Er erschrak so heftig, dass er den Hammer nach ihr warf. Er landete einen Schritt vor Penny.

„Tu das nie wieder!", schrie Morris mit seiner hohen Stimme.

„Entschuldige, aber du hast nicht reagiert."

„Ich habe nie jemanden um mich herum. Und das ist gut so. Lass mich in Frieden!" Er machte eine Bewegung, als wollte er sie verscheuchen, und war genauso abweisend wie bei ihrer Ankunft.

Da es im Haus bestimmt nichts zu finden gab, das irgendwie als Frühstück herhalten konnte, rief Penny ihre Hunde und ging. Während die beiden an jedem Laternenpfahl ausgiebig schnüffelten und ihre Markierungen setzten, rief sie Elvis an. Es war kurz nach sechs, und normalerweise schlief er um diese Zeit noch, aber sie sehnte sich danach, seine Stimme zu hören.

Nach dreimaligem Klingeln hob Elvis ab. Er klang sehr verschlafen. Seine Stimme war tief und rau.

„Hallo, ich bin's!"

„Weißt du, wie spät es ist?", knurrte er sie an.

„Warst wohl lange fort?", sagte Penny und meinte es als Scherz.

„Ja", lautete die knappe Antwort.

„Wo?", wollte Penny sofort wissen und hätte sich gleich darauf am liebsten auf die Zunge gebissen.

„Tanzen, wenn du es genau wissen willst."

Penny schwieg.

„Brauchst gar nicht eingeschnappt zu sein. Ich kann

mich doch jetzt nicht vier Wochen im Keller einsperren, nur weil du nicht da bist."

„Ich hoffe, du hattest es nett", sagte Penny sehr steif.

„Ja, sehr. Habe viel gelacht und getanzt."

„Na bestens. Schönen Tag dann auch!" Sie beendete das Gespräch und starrte wütend auf das Handy.

„Männer! Am besten, man verarbeitet sie zu Würsten", schimpfte sie so laut, dass sich ein junger Mann, der gerade vorbeiging, angesprochen fühlte und ihr einen verwunderten Blick zuwarf.

Es war noch früh, und deshalb ging sie den recht langen Weg zum Tiergarten zu Fuß. Die Hunde freuten sich sehr über den ausgedehnten Spaziergang.

Der Haupteingang des Zoos war aus gelbgrauen, roh behauenen Steinen und glänzendem Stahl gebaut. Die moderne Konstruktion bildete einen großen Bogen, unter dem sich Drehkreuze aneinander reihten. Links davon erstreckte sich ein schlanker Bau mit vier Kassenschaltern.

Verwaist und still lag der Eingang um diese Tageszeit da. Hinter dem Portal waren da und dort Geräusche von Tieren zu hören. Am lautesten zwitscherten die Vögel, die sich in den ausladenden Kronen der Bäume tummelten, die den Tiergarten-Eingang begrenzten.

Natürlich war der Eingang versperrt und die Kassen geschlossen. Penny entschied sich dafür, nach der Zufahrt zum Wirtschaftshof zu suchen. Futter wurde bestimmt nicht durch das Haupttor geliefert.

Auf der Hinterseite des Tiergartens erreichte sie eine Schrankenanlage, neben der ein Schild auf die Waage hinwies, die sich dahinter befand. Die Waage war in den Boden eingebaut und wog die Lieferwagen samt Ladung. In dem kleinen Häuschen neben der Schranke saß ein grauhaariger Herr mit fröhlichen Augen. Er kam heraus, als er Penny und die Hunde sah.

„Falls du hier in den Zoo willst, geht das leider nicht."

„Ich bin die neue Tierpflegerin", erklärte Penny.

Der Portier verschwand wieder in seinem Haus und kam mit einer Liste in der Hand zurück. „Penelope Moosburger?"

Penny nickte.

„Aha, die neue Praktikantin." Er betonte das Wort Praktikantin, als wollte er Penny die richtige Stellung zuweisen. „Du bist zu früh und Hunde dürfen nicht in den Tiergarten mitgenommen werden."

„Oh nein!", seufzte Penny. „Geht jetzt alles schief?"

Der Portier wechselte von amtlich streng auf väterlich fürsorglich. „Gibt es Probleme? Kann ich dir helfen?"

„Vielleicht ..."

„Komm, wie wäre es mit Tee?" Er lud sie in sein Häuschen ein, in dem er die Arbeitsfläche liebevoll mit einem kleinen Tischtuch, Geschirr und Besteck zum Frühstück gedeckt hatte. Penny erzählte von ihrer Ankunft und den Problemen mit dem Onkel. Der Portier warf einen nachdenklichen Blick auf die Hunde, die zu Pennys Füßen lagen.

„Die zwei sehen sehr brav aus. Fürs Erste können sie einmal hier bei mir bleiben."

Darüber war Penny sehr erleichtert. Insgeheim hatte sie auf dieses Angebot gehofft.

Eine junge Frau mit kurzen Haaren ging energiegeladen draußen vorbei und winkte grüßend.

„Alma, hallo!“, rief er ihr nach.

Die Frau kam zurück und hob fragend die Augenbrauen. Der Portier stellte Penny vor und fragte: „Könntest du sie nicht schon mitnehmen? Obwohl ich nicht weiß, wem der Chef sie zuteilen wird.“

„Klar kann sie mich begleiten. Ich mach die Schwangerschaftsgymnastik mit Lola jetzt immer so früh wie möglich. Sonst lauert wieder irgendwo eine dieser Reporter-Ratten.“

„Schwangerschaftsgymnastik?“ Penny konnte sich nicht erklären, was damit gemeint war.

„Ich bin Alma!“ Die Elefantenpflegerin schüttelte ihr die Hand und zog sie gleich mit. Sie führte sie in einen Umkleideraum, wo sie in eine grüne Latzhose schlüpfte. Aus der Wäschekammer holte sie für Penny eine ebensolche Hose und ein Paar grüne Gummistiefel. Da Penny noch keinen eigenen Spind hatte, bot Alma ihr an, die Sachen in ihrem zu lassen.

Auf dem Weg zum Elefantenhaus erklärte sie Penny, was mit der Schwangerschaftsgymnastik gemeint war.

„Lola ist trächtig, und wenn alles klappt, kommt ihr Junges innerhalb der nächsten drei Wochen zur Welt.“

„Wäre toll, wenn ich das miterleben könnte“, sagte Penny hoffnungsvoll.

Alma öffnete ein Metalltor, das in dem hohen Gebäude, in dem die Elefanten untergebracht waren, wie eine Zwergentür wirkte.

„Harald Pilz, unser Zoologe, hatte die Idee zur Elefantengymnastik. Schwangere Frauen turnen auch und kräftigen sich so für die Geburt. Also meinte er, dass das unseren Elefanten auch nur gut tun könnte. Aus diesem Grund führen wir Lola jeden Tag eine Stunde lang spazieren."

„Wie einen Hund?" Penny konnte es nicht glauben.

„Ja, wie einen Hund. An der Leine. Allerdings geht sie nicht allein. Ihre beste Freundin Momba kommt immer mit."

Sie stiegen ein paar Stufen hinauf und erreichten eine Galerie, die sich über die gesamte Länge des Elefantenhauses erstreckte. Als Penny sich über die Brüstung beugte, sah sie auf eine Fläche hinab, die etwa halb so groß wie ein Fußballplatz wirkte. Drei Elefanten standen nebeneinander und dösten.

„Das sind unsere drei Damen. Wir haben noch einen Bullen, doch der benimmt sich manchmal wie ein Halbstarker und muss deshalb getrennt gehalten werden", erklärte Alma, die sich neben Penny gestellt hatte.

„Und wie ist das mit den Vorwürfen, die in der Zeitung gestanden haben?"

Einen Augenblick sah es aus, als würde Alma wütend werden. Doch sie hatte sich schnell wieder unter Kontrolle, holte tief Luft und antwortete. „Was dort gestanden hat, ist von A bis Z erlogen. Wir haben uns sehr aufgeregt. Erst vor einem Jahr ist das neue Elefantenhaus eröffnet worden. Davor befindet sich eine riesige Freianlage. Ich kenne nur wenige Zoos, in denen die Tiere so gut gehalten werden wie bei uns."

„Ich wollte dich nicht beleidigen", sagte Penny schnell.

„Schon in Ordnung. Es regt mich nur noch immer

auf. Weil alle glauben, was in einer Zeitung gedruckt wird, auch wenn es eine Lüge ist."

Penny nickte. Mit unseriösen Zeitungsreportagen hatte auch sie bereits schlechte Erfahrungen gemacht.

„Aber jetzt los!" Alma schärfte Penny ein, hinter ihr zu bleiben, wenn sie den Raum mit den Elefanten betraten. „Sie müssen dich erst kennen lernen. Elefanten sind sehr empfindlich und manchmal sogar schreckhaft. Und Lola ist jetzt, so kurz vor der Geburt, überhaupt eine Mimose."

Als Alma auf die Dickhäuter zuging, drehten sich alle drei sofort zu ihr. Sie tätschelte ihnen den Kopf und führte dann eine dicke Kuh zum Ausgang. Auf ihr Zeichen hin fasste eine zweite Elefantenkuh Lolas kleinen Schwanz mit dem Rüssel und hielt sich daran fest. Wie zwei Kinder, die spielten, trotteten sie mit der Pflegerin los. Beide bekamen zur Sicherheit ein dickes Band um den linken Vorderfuß, an dem eine starke Leine befestigt war. Alma führte Lola, Penny durfte Momba begleiten.

Friedlich, wie zwei besonders brave Hunde, stapften die Elefanten voran. Die Runde führte nicht nur durch den Zoo, sondern durch einen dritten Ausgang in einen angrenzenden Laubwald. Ein Jogger mit Kopfhörern auf den Ohren kippte fast aus den Schuhen, als er die kleine Karawane sah. Mit großem Respekt drängte er sich ins Gebüsch und ließ die Elefanten vorbei.

Penny war sehr aufgeregt und darauf bedacht, alles richtig zu machen. Sie ging mit gleichmäßigen, ruhigen Schritten, um Momba nicht zu erschrecken. Die Elefantendame beobachtete sie ständig mit ihren kleinen

Augen, und Penny fühlte sich von Kopf bis Fuß gemustert.

Es war bereits acht Uhr, als sie in den Tiergarten zurückkehrten. Alles war gut gegangen.

Der Zoodirektor wirkte sehr müde, als Penny von einer Sekretärin in sein Büro geführt wurde.

„Regen Sie den Chef ja nicht auf", raunte ihr die Sekretärin warnend zu. „Er macht schon genug durch."

Arthur Friedmann stemmte sich aus seinem Bürostuhl in die Höhe und streckte Penny über den Schreibtisch die Hand entgegen.

„Willkommen. Ich habe gehört, du warst schon fleißig!"

„Na ja." Penny blickte bescheiden zu Boden.

„Einverstanden bin ich mit diesem Einsatz aber nicht", fügte er sofort hinzu. „Alma war unvorsichtig. Ein Spaziergang mit den Elefanten ist noch nichts für einen Neuling wie dich."

„Aber ..." Penny wollte einwenden, dass sie schon ganz andere Erlebnisse mit Elefanten gehabt hatte. An der Miene des Direktors war jedoch abzulesen, dass es besser war, den Mund zu halten.

„Sei nicht enttäuscht, doch unsere Tierpfleger hier im Zoo haben alle eine mehrjährige Ausbildung. Du wirst bei einigen mitarbeiten und bestimmt viel Interessantes kennen lernen. Deine Arbeit beschränkt sich aber auf Hilfsdienste."

Penny nickte ernst.

„Und noch etwas: Ich habe nicht damit gerechnet, dass du deine Hunde mitbringst. Natürlich ist es ein

Problem, wenn du keinen Platz für sie hast. Hier im Tiergarten kann ich sie aber dennoch nicht erlauben."

Penny schilderte das Problem mit ihrem Onkel, für das Arthur Friedmann auch Verständnis aufbrachte.

„Meine Frau und ich wohnen nur zwei Straßen vom Zoo entfernt. Meine Frau wird sich bestimmt gerne um die Hunde kümmern. Ich rufe sie an, damit sie die zwei zu sich nimmt. Du kannst sicher sein, dass sie es bei ihr gut haben."

Sehr begeistert war Penny von diesem Vorschlag nicht, doch was blieb ihr anderes übrig?

Frau Friedmann war eine stille, zurückhaltende Frau. Sie betrat bereits zehn Minuten nach dem Telefonat das Büro und grüßte Penny freundlich. Ihr Mann erzählte kurz, um was es ging, und Frau Friedmann stimmt sofort zu. Penny begleitete sie zum Portierhäuschen, wo Milli und Robin ihr Frauchen freudig beschnupperten. Der Geruch der Elefanten hing an Pennys Kleidung, und die Hunde fanden ihn sehr interessant.

Penny hockte sich zwischen die beiden und redete ihnen gut zu. Am Klang der Stimme erkannten Milli und Robin, dass Penny etwas vorhatte, das gut für sie war. Als sie Frau Friedmann die Leinen in die Hand drückte, musterten die Hunde die Fremde kurz, warfen einen fragenden Blick zurück zu Penny, und als sie ihnen bedeutete mitzugehen, setzten sie sich in Bewegung. Milli trippelnd, Robin mit seinem schwankenden Gang, bei dem er das Hinterteil immer hin und her warf.

Marlon

Vor dem Direktionsgebäude wartete ein Hüne von einem Mann auf Penny. Er war bestimmt über zwei Meter groß, rotgesichtig und breit wie ein Schrank. Die olivgrüne Latzhose verriet ihn als Pfleger.

„Lars“, stellte er sich vor und streckte Penny eine Hand hin, in der zwei Meerschweinchen bequem hätten sitzen können. Sein Händedruck war betont vorsichtig. Auf Pennys erstaunten Blick hin meinte er: „Ich habe einer Kollegin einmal fast die Knochen zerquetscht. Seither bin ich so vorsichtig. Der Chef hat gemeint, du solltest mich heute begleiten.“ Lars ging los und Penny hatte Mühe, mit ihm Schritt zu halten. Machte er einen Schritt, musste sie zwei machen.

„Bei welchen Tieren arbeitest du?“, fragte sie.

„Bei den Trampeltieren. Wir haben drei. Zwei Weibchen und einen Bullen. Der ist zur Zeit etwas sehr unruhig, und deshalb behalte ich ihn lieber im Auge.“

„Das bedeutet, ich soll mich um die Weibchen kümmern?“

„Ja und nein!“, lautete die Antwort, mit der Penny natürlich wenig anfangen konnte.

Das Gehege der Trampeltiere war eine weitläufige Anlage mit Zäunen aus dünnen Baumstämmen. Die Zäune waren doppelt angelegt, sodass Besucher die Tiere weder streicheln noch füttern konnten.

Schon von weitem hörte Penny ein hohles Brüllen, das sie nicht zuordnen konnte.

„Unser Bulle“, sagte Lars. „Er will nicht allein sein. Aber bei den Weibchen führt er sich auf wie ein Wilder, deshalb können wir ihn nicht zu ihnen lassen.“

Die beiden semmelgelben Trampeltiere standen auf einer abgetrennten Koppel und fraßen Heu. Der größte Teil des Geheges war leer.

„Du musst fegen und die Kamelknödel wegräumen“, erklärte der Pfleger Penny ihre Aufgabe.

„Fegen? Dazu brauche ich Stunden!“

„Nicht so schlimm. In einer Stunde kannst du es schaffen.“ Er drückte ihr einen Besen und eine Schaufel in die Hand und öffnete das Gatter.

Pennys Laune sank. So hatte sie sich die Arbeit im Tiergarten nicht vorgestellt. Sie war doch keine Putzfrau!

Es blieb ihr nichts anderes übrig, als den sandigen Boden zu kehren und die großen Haufen zu beseitigen, die die Trampeltiere hinterlassen hatten. Sie war erstaunt, wie schwer der Kot war.

Es war heiß und die Sonne brannte schon am Vormittag vom Himmel. Penny schwitzte und schimpfte über den feinen Staub, der die ganze Zeit aufgewirbelt wurde.

Die beiden Trampeltier-Weibchen standen am Zaun und beäugten jede ihrer Bewegungen. Als würden sie sich über Penny lustig machen, bewegten sie dazu mahlend die Kiefer. Man hätte glauben können, sie redeten miteinander.

Erst nach zweieinhalb Stunden hatte Penny auch den letzten Winkel gesäubert. Was sie tat, das machte sie gründlich. Lars tauchte wieder auf und nickte anerkennend. Aus der Tiefe seiner Hosentasche beförderte er ein paar Äpfel und reichte sie Penny. „Vielleicht willst du deine beiden Bewunderinnen ein wenig verwöhnen."

Die Trampeltiere beugten sich sofort zu ihr und nahmen mit den breiten, weichen Lippen die Äpfel aus ihrer Hand. Es knackte, als sie die Früchte zerbissen.

„Du gehst hinaus und ich lasse die Damen wieder herein", sagte Lars. „Als Nächstes nimm dir bitte den Unterstand vor." Er deutete zu einem Holzdach auf vier Säulen. Darunter lag Stroh, das zerdrückt und schmutzig aussah.

Bereits am Mittag war Penny ziemlich müde.

„Gönn dir eine Pause und schau dir den Zoo an", bot Lars an. „Es reicht, wenn du in zwei Stunden zurück bist. Du warst wirklich schnell. Hätte es selbst nicht besser machen können."

Das Lob tat gut. Penny ging zu den Elefanten, wo Alma gerade Lola abwusch. Sie erbat sich von Alma die Schlüssel zum Spind, weil sie duschen und sich umziehen wollte. Die Latzhose stank bestimmt, und Penny wollte so nicht durch den Tiergarten schlendern.

Nachdem sie sich erfrischt hatte, schlüpfte sie in ihre Privatsachen und ging los. An einem Kiosk kaufte sie sich eine Butterbrezel und eine Flasche Limo und spazierte von Gehege zu Gehege. Besonders beeindruckend waren die neuen Raubtieranlagen, die wie gigantische Zelte aus Stahl aussahen. Die Tiger und Panter fühlten sich wohl, das war auf den ersten Blick zu sehen. Majestätisch thronte ein Tigermännchen auf einer kleinen Plattform, die oben in einen Kletterbaum gebaut war. Seine Schwanzspitze bewegte sich träge auf und ab, während es aus schmalen Augenschlitzen die Besucher beobachtete. Wurde der Tiger besonders bewundert, räkelte er sich wie ein Fotomodell.

Vor einem lang gestreckten Neubau, an dem offensichtlich nur noch der Verputz fehlte, prangte ein großes Schild:

ERÖFFNUNG DES KOALA-HAUSES
IN 7 TAGEN!

Die Sieben war auf einen Zettel gemalt, der über die Ziffer, die am Vortag dort gestanden hatte, geklebt war. Es wurde also ein Countdown heruntergezählt, um die Besucher besonders neugierig zu machen.

Interessiert reckte Penny den Hals. Der Eingang zum Koalahaus stand offen, und ein Arbeiter war gerade damit beschäftigt, das Portal zu streichen. Als Penny näher kam, streckte er ihr eine Hand entgegen.

„Nein, Zutritt verboten!"

„Aber ich arbeite im Zoo."

Der Mann blickte an ihr auf und ab. „Wer hier arbeitet, trägt grüne Uniform."

„Ich habe mich umgezogen, weil ich Pause habe."

„Das ist die beste Ausrede, die ich bisher gehört habe." Der Mann wischte sich den Schweiß von der Stirn und wandte Penny den Rücken zu.

„Hartnäckig nennt man das", sagte hinter ihr jemand. Sie drehte sich um und sah sich selbst in einer verspiegelten Sonnenbrille. Überrascht machte Penny einen Schritt zurück.

„Keine Angst, ich beiße nicht, bin auch nicht tollwü-

Eröffnung
des
Koala-Hauses
in
7 Tagen

tig und auch sonst besser als mein Ruf." Der Träger der Sonnenbrille grinste spitzbübisch. Mit einem schwungvollen Griff nahm er die Sonnenbrille ab. Dahinter kamen blaue Augen zum Vorschein, die von langen Wimpern umrahmt wurden.

Penny schätzte ihr Gegenüber auf siebzehn. Er trug ein weißes T-Shirt und sehr weite Jeans mit vielen Taschen.

„Marlon", stellte er sich vor und deutete eine Verneigung an.

„Marlon?", wiederholte Penny ungläubig. „Was ist das denn für ein Name?"

„Meine Mutter war ein Fan von Marlon Brando, dem Filmschauspieler. War einmal ein toller Typ mit Harley Davidson und so. In seinen letzten Filmen hat er eher wie die Sumpfkröte ausgesehen, die neu im Terrarienhaus ist."

„Aha." Mehr fiel Penny dazu nicht ein.

„Und wie heißt du?" Marlon hatte sich lässig an einen Baum gelehnt und die Arme vor der Brust verschränkt.

Sie konnte später nicht mehr sagen, wieso, aber in diesem Augenblick antwortete Penny: „Marlene." Der Name war ihr eingefallen, weil sie im Fernsehen einen Film über Marlene Dietrich gesehen hatte, die ein großer Filmstar gewesen war. Allerdings war das schon eine Weile her.

„Schöner Name." Marlon wippte mit dem Kopf wie ein Genießer, der etwas besonders Gutes verkostet. „Marlon und Marlene. Das hört sich an, als wären wir füreinander bestimmt."

„Meinst du?“ Penny musste über Marlons Unverfrorenheit schmunzeln.

„Wie wär’s mit einem Date heute Abend?“, schlug er vor.

Penny zögerte. Elvis war ihr eingefallen. Obwohl sie seinetwegen keine Schuldgefühle haben musste. Er tat auch, was er wollte. Und es war doch nichts dabei, wenn sie ein bisschen ausging.

„Wohin?“, fragte sie.

„Hmmm, da gäbe es viele Möglichkeiten.“ Auf einmal stieß sich Marlon vom Baum ab und war wie ausgewechselt.

„Gib mir deine Telefonnummer“, verlangte er und klang gehetzt.

Das wollte Penny aber nicht.

„He, mach schon! Wo kann ich dich anrufen?“

Als Penny noch immer zögerte, machte er eine ärgerliche Handbewegung und lief fort.

Kopfschüttelnd sah Penny ihm nach. Was war denn in den gefahren? Sie drehte sich um, weil sie vermutete, dass Marlon hinter ihr etwas gesehen hatte, das ihn vertrieben hatte. Aber dort war nichts.

Was sollte sie davon halten?

Am Nachmittag arbeitete sie in der Futterküche, in der für die Tiere Futter gemischt und zubereitet wurde. Pennys Aufgabe war das Backen des Affenkuchens. Die Affen bekamen einen lecker duftenden, saftigen und weichen Kuchen. Der einzige Unterschied zu einem normalen Kuchen war der, dass im Affenkuchen der Zucker fehlte.

„Die Tiere sind klüger als wir. Denen schmeckt der Kuchen auch so“, dachte Penny, während sie den Teig rührte.

Der Rundgang durch den Tiergarten von Bingenstadt hatte Penny restlos davon überzeugt, dass die Anschuldigungen aus der Luft gegriffen waren. Besonders lange hatte sie vor dem gläsernen Pinguinbecken gestanden. Sieben verschiedene Pinguinarten lebten dort und schienen sehr viel Spaß zu haben. Durch die dicke Glasscheibe konnte man sie beim Schwimmen und Tauchen beobachten. Mit hoher Geschwindigkeit schossen die Tiere wie kleine Raketen durch das Wasser, schnellten in die Luft und schlitterten über die Felsen, die sich hinter dem Wasser erhoben. Sogar Bruthöhlen waren eingebaut, und von einem Tierpfleger erfuhr Penny, dass vier Pinguine brüteten. Diese Arbeit hatten, wie in der freien Natur, die Männchen übernommen. Jedes der vier Pinguinmännchen hielt das Ei, das das Weibchen gelegt hatte, in einer Körperfalte zwischen den Beinen und wärmte es dort.

Um fünf Uhr war Pennys erster Tag im Zoo beendet. Sie tauschte zum zweiten Mal die olivgrüne Latzhose gegen die Jeans und ging zum Haus von Direktor Friedmann. Die Sekretärin des Direktors hatte ihr den Weg dorthin beschrieben.

Der Zoodirektor und seine Frau bewohnten ein Haus, das gar nicht zu den anderen in der Straße passte. Während die anderen Häuser kleine alte Villen waren, war das der Friedmanns ein Bauernhaus. Frau Friedmann öffnete Penny und führte sie nach hinten, wo sich nicht nur ein Hof erstreckte, sondern auch ein

Garten, der kein Ende zu nehmen schien. Es gab zwei Ponys, Schafe und einen Esel mit hellblauen Augen und wuscheligem weißem Fell. In der Mitte des Hofes erhob sich ein dicker Pfosten, auf dem ein hohes Holzhaus thronte. Es verfügte über mehrere bogenförmige Öffnungen und kleine Stangen davor. Gurrend flogen Tauben ein und aus.

„Ohne Tiere geht es bei uns nicht", meinte Frau Friedmann fast entschuldigend.

„Das ist bei mir daheim auch nicht anders", antwortete Penny.

Milli und Robin kamen aus dem hinteren Teil des Gartens angetobt und tanzten freudig wedelnd und bellend um ihr Frauchen.

„Die zwei waren mustergültig brav", lobte sie Frau Friedmann. „Fressen brauchen sie aber nicht mehr. Deine Milli hat das ganze Katzenfutter vertilgt und Robin hat sich in der Küche bei mir bedient. Er ist der erste Hund, den ich Gemüsestrudel fressen gesehen habe."

Weil sie einfach nicht anders konnte, musste Penny lachen. Es wäre ohnehin sinnlos gewesen, jetzt mit den Hunden zu schimpfen. Sie hätten nicht verstanden, was gemeint war. Für sie lag der Vorfall schon viel zu lange zurück.

„Vielen Dank noch einmal. Darf ich die Hunde morgen wieder bringen?"

Frau Friedmann lächelte. „Selbstverständlich. Arthur hat erzählt, dass du einen ganzen Monat Praktikum im Tiergarten machst. In dieser Zeit nehme ich sie gerne tagsüber."

Erleichtert, weil dieses Problem gelöst war, verabschiedete sich Penny und ging mit Milli und Robin los. Die Beißkörbe hatte sie daheim vergessen. Deshalb konnte sie den Bus nicht nehmen. Eine ziemlich lange Wanderung stand ihr bevor. Die Arbeit hatte Penny stärker erschöpft, als sie gedacht hatte. Sie freute sich auf eine ausgiebige Dusche und das Abendessen.

Abendessen? Onkel Morris fiel ihr wieder ein. Bestimmt gab es nur Currywurst oder ähnliches Zeug. Penny öffnete ihren Geldbeutel und sah nach, wie viel sie bei sich hatte. Vor dem nächsten Supermarkt ließ sie die Hunde warten und kaufte Milch, Eier, Mehl, Marmelade, ein paar Äpfel und Kirschen. Kochen war keineswegs ihre Leidenschaft. Trotzdem wollte sie versuchen Pfannkuchen zu backen. So schwierig konnte das nicht sein. Sie würde Ivan anrufen und sich alles erklären lassen.

Robin räumt auf

An der Tür von Onkel Morris' Haus war mit einem Reißnagel ein Stück Karton angebracht. In krakeligen, aber sehr stilvollen Buchstaben stand da: „Penelope, sie sitzt drauf. Ich schlafe."

Penny stöhnte leise und verdrehte die Augen. Was sollte das wieder bedeuten? Veranstaltete Onkel Morris mit ihr Rätselstunden? Der hintere Teil der Nachricht war verständlich: Onkel Morris schlief. Aber was bedeutete der erste Satz?

Ein Griff zur Klinke machte klar, dass abgesperrt war. „Der Schlüssel! Vielleicht meint er den Schlüssel", fiel Penny ein. Sie sah sich um und entdeckte zwischen hohen Grashalmen die Statue einer vollbusigen Frau, die aussah, als würde sie schmollend in dem Versteck kauern. Als Penny die Figur vorsichtig am Kopf nach vorne kippte, fand sie unter ihrem Hinterteil einen altmodischen Schlüssel mit Bart.

Auf dem Weg nach oben in ihr Zimmer musste sie durch den Wohnraum des Onkels. Er lag auf dem Rücken auf der Matratze und schnarchte laut mit offenem Mund. Beide Hunde näherten sich vorsichtig, starrten ihn neugierig an und neigten die Köpfe nach links und rechts, als könnten sie die Laute nicht fassen, die sie da hörten. Als Penny nach ihnen rief, schnaubte der Onkel und schnellte in die Höhe.

„Wie spät ist es?", waren seine ersten Worte.

„Kurz nach sechs Uhr", antwortete Penny.

„Junge Leute müssen essen. Ich hole Wurst", verkündete er.

„Nicht nötig!" Penny schwenkte die Einkaufstüte. „Ich koche uns was." Suchend sah sie sich um. „Wo kann man bei dir überhaupt kochen?"

Verschlafen rieb sich der Onkel die Augen und deutete auf einen zerschlissenen Plastikvorhang. Als Penny den Vorhang zur Seite schob, schauderte sie. Dahinter befand sich ein kleiner Küchenblock mit zwei Herdplatten, einem winzigen Kühlschrank und einer Spüle, in die gerade ein paar Kaffeetassen passten. Alles war mit Essensresten verklebt.

Sie atmete tief durch. „Na gut. Hast du eine Pfanne?"

Die Antwort war nur ein stummes Nicken.

Ein wenig erinnerte Penny der alte Mann an ihren kleinen Bruder Romeo. Als Romeo ein, zwei Jahre alt gewesen war, hatte er auch immer so auf seiner Decke gekauert und sich die Augen gerieben, wie es Onkel Morris gerade tat. Sie lief nach oben, um sich die Hände zu waschen und telefonisch ein paar Ratschläge von Ivan einzuholen.

„Howdy, Panter-Küsserin", begrüßte er sie.

„Wenn ich das wäre, wärt ihr mich schon los", meinte Penny trocken. Sie erkundigte sich nach dem Rezept für Pfannkuchen, das Ivan wie im Schlaf abspulen konnte.

„Ist Elvis in der Nähe?", fragte Penny, als er fertig war.

„Der Doc operiert und Elvis assistiert", reimte Ivan.

„Kannst du ihm bitte ausrichten, er soll mich unbedingt heute noch anrufen?"

„Deinem Sekretär ist nichts zu schwer."
„Was ist denn mit dir los? Verliebt, oder was?"
„So kann man es auch nennen. Sie hat hundert PS und ist endlich mein!"
Penny verstand. Ivan wünschte sich schon lange ein Motorrad. Dafür sparte er schon seit vielen Monaten. Der Wunsch schien endlich in Erfüllung gegangen zu sein.
Von unten kam Onkel Morris aufgeregtes Rufen. „Lass das, gib das her!", hörte Penny ihn schreien. Sie verabschiedete sich hastig, steckte das Handy in die Hosentasche und lief zu ihrem Onkel.
Auf den Boden aufstampfend wie ein zorniges Kind stand er in seinem langen, weißen Nachthemd da und zeigte auf Robin. Zum ersten Mal bemerkte Penny, wie kräftig die Hände ihres Onkels waren. Sie passten gar nicht zu dem hageren Körper.
„Sag ihm, er soll meine Hemden hergeben! Die sind nicht zum Spielen. Er macht sie kaputt!"
Zuerst wollte Robins Frauchen ihrem Hund das Kleidungsstück aus dem Maul nehmen, dann aber richtete sie sich wieder auf. Penny verstand nämlich, was Robin machte. Eines seiner Kunststücke bestand darin aufzuräumen. Er hatte gelernt, Sachen zu sortieren. Alle Hemden auf einen Haufen, alle Hosen, alle Schuhe und auch andere Sachen. Waren sie gleich, legte Robin sie zusammen. Neben der Tür wuchs bereits ein kleiner Berg aus schmutzigen Hemden.
„Onkel Morris, ich muss dir etwas erklären", begann Penny. Robin nicht aus den Augen lassend, hörte ihr der Onkel zu. Je länger Penny erklärte, desto freund-

licher wurde seine finstere Grimasse. Schließlich begann er glucksend zu kichern.

„Ehrlich? Er räumt auf? Ein Hund, der aufräumt?"

Staunend sah er zu, wie der Sennenhund sich nun die leeren Verpackungen vornahm und etwas von den Hemden entfernt sortierte.

Penny ekelte sich vor dem Küchenblock. Bevor sie zu kochen anfing, rückte sie dem Schmutz mit einer Bürste zu Leibe. An vielen Stellen musste sie ein Messer einsetzen, um die Krusten abzukratzen. Bis sie endlich den Pfannkuchenteig anrühren und zu backen beginnen konnte, war es nach neun Uhr.

Verlegen wie Romeo, wenn er etwas ausgefressen hatte, tauchte der Onkel hinter ihr auf. Die Rauchschwaden, die ein verbrannter Pfannkuchen erzeugt hatte, störten ihn nicht, was Penny erleichterte.

„Wir essen draußen", sagte er.

„Kannst du bitte Teller herrichten und Besteck?", bat ihn Penny.

Der Onkel öffnete einen schmalen Schrank neben dem Kühlschrank und holte Geschirr heraus, das von einem grauen Schleier überzogen war. Lächelnd nahm Penny es ihm ab und spülte es erst einmal gründlich.

Als sie wenig später mit einem kleinen Stapel Pfannkuchen in den Hof trat, sah sie ein weißes Tischtuch auf dem alten Holztisch. In einem Blumentopf brannte eine Kerze. Sogar Blumen hatte Onkel Morris aufgestellt. Sie steckten in einer leeren Limoflasche, und Penny entdeckte durch den Maschendrahtzaun die gleichen im Nachbargarten.

„Schön hast du das gemacht", sagte sie.

Obwohl in einigen Pfannkuchen Eierschalenstückchen waren und andere etwas sehr dunkel geworden waren, schmeckten sie. Penny verdrückte vier Stück, Onkel Morris die restlichen sieben. Sie hätte gerne noch einen mehr gegessen, aber der Onkel war einfach schneller gewesen.

Zufrieden klopfte er sich auf den Bauch.

Das Kochen und das Essen hatten Penny für diesen Tag den Rest gegeben. Sie konnte das Gähnen nicht mehr unterdrücken und entschuldigte sich bald.

„Den Abwasch mache ich", brummte Onkel Morris.

Damit war Penny sofort einverstanden. Die letzten Stunden war sie mit dem Kochen so beschäftigt gewesen, dass sie gar nicht an Elvis gedacht hatte. Ein Blick auf die Anzeige ihres Handys genügte um zu sehen, dass er nicht angerufen hatte. Sie drückte die Taste, auf der sie seine Handynummer gespeichert hatte. Es meldete sich aber nur die Mobilbox. Zuerst wollte Penny etwas darauf sprechen, als sie aber spürte, wie wütend sie auf Elvis war, ließ sie es lieber bleiben.

Wieso war er nur so verbohrt? Warum führte sich ein erwachsener – oder fast erwachsener – Mann so auf, nur weil sie einen Ferienjob angenommen hatte?

Die Müdigkeit war stärker als alle quälenden Gedanken.

Am nächsten Morgen war alles wie schon am Tag zuvor. Onkel Morris meißelte in seinem Atelier. Mittlerweile war bereits ein zweiter Arm erkennbar und ein Hinterkopf formte sich langsam aus dem Stein.

Die Warnung des Onkels, die er am vergangenen

Morgen ausgestoßen hatte, klang Penny noch im Ohr. Deshalb trat sie diesmal nicht ein, um ihn nicht zu erschrecken. Sie drehte sich gerade weg, als sie eine große Bewegung wahrnahm. Als sie zurücksah, winkte er ihr zu, kam aber nicht zur Tür, sondern arbeitete weiter.

Diesmal hatte sich Penny zum Frühstück Tee gemacht, den sie im Supermarkt eingekauft hatte. Sie belegte ein Brot mit Käse, schnitt eine Paprika in kleine Würfel, streute diese darüber und deckte das Ganze mit einer zweiten Schnitte Brot zu. Danach brach sie auf zum Tiergarten. Kurz vor acht Uhr erreichte sie das Haus des Direktors, wo Frau Friedmann schon im Vorgarten wartete und die Hunde entgegennahm.

Penny, die mittlerweile einen eigenen Spind zugeteilt bekommen hatte, zog sich um und schlüpfte in die grüne Hose. Beim Aufhängen ihrer Shorts fiel ihr das Handy in die Hand. Noch immer kein Lebenszeichen von Elvis! Pennys Eifersucht verwandelte sich langsam in Wut. Sie rief ihre Mutter kurz an, verkniff es sich dabei aber, nach Elvis zu fragen.

Daheim war alles in Ordnung, die Praxis war übervoll und Romeo hatte einen Kurzschluss erzeugt, der alle Sicherungen hatte herausspringen lassen.

Alma winkte Penny zu, als sie an der Elefantenanlage vorbeiging. Die Tierpflegerin spritzte einen betonierten Teil des Geheges sauber, in dem für die Dickhäuter Futter ausgelegt wurde.

„Ah, Penny, da bist du ja!“ Direktor Friedmann kam ihr geschäftig entgegen. Er reichte ihr ein Klemmbrett mit Zetteln und bunte Filzstifte. „Heute habe ich eine Spezialaufgabe für dich.“

„Was soll ich machen?“ Auf dem obersten Zettel des Klemmbretts erkannte Penny einen Plan der Elefantenanlage mit dem großen Freigelände und dem Haus.

„Du wirst die Elefanten den ganzen Tag beobachten. Zeichne genau ein, wo sie herumgehen. Für jede unserer Elefantendamen gibt es eine andere Farbe. Den richtigen Code habe ich dir oben auf dem Zettel notiert. Ich brauche eine genaue Aufzeichnung, welche Wege die Elefanten an einem Tag zurücklegen.“

Enttäuscht schluckte Penny. Die Aufgabe hörte sich alles andere als spannend an. Standen die Elefanten nicht die meiste Zeit herum?

Direktor Friedmann sah ihr die Enttäuschung wohl an. „Es ist sehr wichtig. Seit diesem dummen Zeitungsbericht hagelt es ständig neue, noch dümmere Vorwürfe. Einer davon lautet, dass die Elefanten auf zu kleinem Raum gehalten werden.“

Pennys Blick streifte über die Anlage, die die Größe eines ganzen Fußballplatzes hatte. Dazu kam noch das Elefantenhaus, das auch nicht gerade klein war.

„Ich will es genau wissen, um diesen Besserwissern und Miesmachern die Zahlen auf den Tisch zu knallen!“, erklärte Friedmann.

Das klang schon besser.

Alma öffnete das hohe Metalltor und die drei Elefantendamen kamen heraus. Sofort steuerten sie das Wasserbecken an. Penny staunte, wie schnell die drei laufen konnten, und zeichnete mit Rot, Grün und Blau die Strecke ein.

Alma und die anderen Elefantenpfleger verfolgten – wie Penny erfuhr – ein genaues Programm. Um bei den

Elefanten keine Langeweile aufkommen zu lassen, gab es alle paar Stunden eine neue Attraktion: Einmal war es ein Haufen frisches Heu, dann eine Ladung Äste, mit denen sie spielen konnten, später wurden Äpfel in einem hinteren Teil des Geheges verfüttert. Zum Duschen marschierten die Elefanten wieder ins Haus.

Bis zum Mittag hatte Penny bereits drei Pläne der Anlage mit Linien voll gezeichnet. Sie musste die Blätter wechseln, weil die einzelnen Striche sonst nicht mehr zu unterscheiden gewesen wären.

Um ein Uhr kam Alma zu ihr und warf einen Blick über Pennys Schulter.

„Genauso habe ich mir das auch gedacht", sagte sie zufrieden. „Wir machen heute nur das übliche Programm, nichts Besonderes, und schon dabei sind die Elefanten viel unterwegs."

Penny streckte sich. Seit Stunden stand sie im Schatten eines Kastanienbaumes, das Klemmbrett in der Hand und abwechselnd zu den Elefanten schauend und dann wieder auf die Pläne. Ihr Rücken tat schon weh.

„Ich hole eine Ablösung für dich und dann machen wir zwei Pause", schlug Alma vor.

Die Ablösung war ein junger Praktikant, der älter war als Penny. Er stellte sich als Jannis vor und studierte Veterinärmedizin. Er wollte Tierarzt werden.

Nachdem sich Penny kräftig gestreckt hatte, folgte sie Alma in den Aufenthaltsraum der Pfleger. Auf einem Tablett holten sie sich das Tagesmenü von einem Fenster zur Küche.

„Nicht nur die Tiere bekommen hier gutes Essen", erklärte Alma lachend.

Verknallte Koalas
Koala Männchen sucht
Koala Weibchen
namens Marlene
Ruf an

Es gab Gemüsespieße mit Nudeln und zum Nachtisch Kirschkuchen. Penny hatte großen Hunger. Eine offene Tür führte auf eine Terrasse mit Sonnenschirmen, von der aus Penny über die Gehege des Tierparks blicken konnte. Zuerst saß sie mit Alma da und aß schweigend. Ihr Appetit war größer als ihr Mitteilungsbedürfnis.

Als sie fertig waren, kramte Alma in der Hosentasche nach einem Taschentuch. Sie fand keines, zog dafür aber einen knallorangefarbenen Zettel heraus.

„Hast du das schon gesehen? Alle Bäume und Absperrbalken um das Koalahaus waren heute Morgen damit beklebt." Sie reichte Penny den Zettel.

Pennys Blicke wanderten über die Buchstaben. Im nächsten Augenblick spürte sie, wie ihr das Blut in den Kopf schoss. Hoffentlich bemerkte Alma es nicht.

Verknallte Koalas

Der Text auf dem Zettel lautete:

VERKNALLTE KOALAS
Koala-Männchen sucht Koala-Weibchen namens Marlene. Ruf an!

Darunter stand eine Telefonnummer, offensichtlich eine Handynummer.

„Was das wohl zu bedeuten hat?“, sagte Penny mit belegter Stimme. Sie reichte Alma den Zettel zurück, doch diese winkte ab. „Kannst ihn ruhig wegwerfen.“ Sie hatte mittlerweile ihr Taschentuch gefunden und schnäuzte sich heftig.

Unter dem Tisch faltete Penny das Papier und behielt es in der Hand. Alma erzählte, wie gespannt alle auf die Geburt des Elefantenjungen warteten.

„Ein neugeborener Elefant gilt in einem Zoo als Sensation. Kommt er gesund auf die Welt, gibt es noch eine große Sorge: Er muss auch von der Mutter angenommen werden.“

Abwesend nickte Penny und tat so, als würde sie zuhören. Ihr Gedanken waren aber bei Marlon. Sie hatte das Gefühl, als klopfe ihr Herz heftiger, wenn sie an ihn dachte.

Der restliche Tag verging sehr schnell. Penny übernahm wieder die Aufzeichnungen über die Elefantenbewegungen und blieb dafür sogar bis acht Uhr am

Abend. Zwölf Stunden lang hatte sie nun jeden Schritt aufgezeichnet. Das Gewirr an bunten Linien ließ erahnen, dass die Elefanten viel mehr unterwegs waren, als man dachte. Am nächsten Tag sollte sie die Linien auswerten.

Milli und Robin begrüßten Penny freundlich, aber nicht stürmisch. Sie hatten bei Frau Friedmann ein lustiges und abwechslungsreiches Leben.

Onkel Morris erwartete Penny im Hof seines Hauses mit einem offenen Pizzakarton.

„Ist das richtig?", fragte er fast ängstlich. „Kein Fleisch. Nur Gemüse und Käse."

„Ja, fantastisch, danke. Ich habe gewaltigen Kohldampf." Auch wenn die Pizza vom langen Herumstehen schon pappig war, ließ Penny sich das nicht anmerken. Sie wollte den Onkel nicht enttäuschen, der sich so große Mühe gemacht hatte, das Richtige für sie zu finden.

Da es zu regnen begann, konnten sie nicht lange draußen sitzen. Penny verabschiedete sich schnell nach oben. Müde fiel sie ins Bett, wo ihr Milli gleich Gesellschaft leistete. Sie kuschelte sich zu ihren Füßen, gab einen wohligen Seufzer von sich.

Das Handy hatte Penny auf dem Nachtkästchen liegen. Trotz ihrer Müdigkeit konnte sie nicht einschlafen. Immer wieder warf sie dem kleinen türkisfarbenen Gerät einen bittenden Blick zu. Elvis' Schweigen gefiel ihr gar nicht. Es war kurz vor zehn Uhr und normalerweise war er um diese Zeit immer erreichbar. Schließlich wollte sie nicht mehr länger warten, griff nach dem Handy, wählte seine Nummer und holte tief Luft. Sie bekam dreimal ein Freizeichen, bevor sie zur Mobilbox weitergeleitet wurde.

Auf einmal hatte Penny das Gefühl, Elvis sehen zu können. Er hatte auf der Anzeige seines Handys gelesen, dass sie anrief, sie kurz zappeln lassen und dann die Taste gedrückt, mit der er das Gespräch abweisen konnte.

„Langsam reicht es“, knurrte sie. „Überspann den Bogen nicht!“

Energisch schaltete sie ihr Handy ab, drehte sich zur Wand und war bald darauf eingeschlafen.

Den Mittwoch verbrachte Penny in einem kleinen Büro im Direktionsgebäude des Zoos. Mit einem Stift fuhr sie die am Vortag gezeichneten Linien nach. Der Stift hatte an der Spitze ein winziges Rädchen und konnte die Länge der Linien in die Strecken umrechnen, die die Elefanten zurückgelegt hatten.

Am Nachmittag klopfte Penny an die Tür zur Direktion. Arthur Friedmann lächelte ihr über den Rand seiner Brille entgegen, als sie eintrat.

„Und? Was hast du herausgefunden?“

„Kann es sein, dass das Gerät nicht richtig funktioniert?“ Penny hielt den Stift in die Höhe.

„Ich verwende ihn normalerweise, um die Strecken von Wanderungen auszumessen. Wieso?“

Penny betrachtete zweifelnd die Anzeige am flachen Seitenteil des Stiftes. „Der Maßstab ist richtig eingestellt?“

„Ja, die Pläne des Geheges sind im Maßstab 1:250 gezeichnet. Also entspricht ein Zentimeter auf dem Papier zweieinhalb Metern in der Elefantenanlage. Aber wieso hast du solche Zweifel?“

Wortlos legte Penny ihm ihre Auswertung auf den Schreibtisch. Arthur Friedman las die Zahlen und seine grauen Augenbrauen wanderten in die Höhe.

„Noch viel besser als erwartet. Für mich klingen die Zahlen absolut glaubhaft.“

Darüber staunte Penny. Nie im Leben hätte sie gedacht, dass die Elefanten am Tag mehr als fünf Kilometer zurücklegten.

„Keiner kann uns vorwerfen, die Tiere hätten zu wenig Bewegung. Mehr wandern sie in freier Natur auch nicht!“, sagte Friedmann zufrieden. Er lobte Penny für die gewissenhafte Arbeit und die schöne Form der Auswertung.

„Warum nimmst du dir nicht den Rest des Tages frei?“, schlug er vor.

Es war wieder warm geworden, und bis auf ein paar Schäfchenwolken war der Himmel blau. Penny nahm das Angebot an. Sie holte die Hunde von Frau Friedmann und ließ sich den Weg zu einem Badeteich beschreiben. Ein entspannter Nachmittag würde ihr gut tun. Sie kehrte ins Haus von Onkel Morris zurück und packte in ihrem Zimmer eine kleine Tasche: Badeanzug, ein Buch und zwei Äpfel, die sie auf dem Heimweg besorgt hatte. Onkel Morris hatte nicht bemerkt, dass sie nach Hause gekommen war. Er stand in seinem Atelier und war wieder ganz in seine Arbeit vertieft. Als sie sich abwandte um zu gehen, kam er auf einmal aus der Tür. In einer Hand hielt er einen schweren Hammer, in der anderen einen Meißel.

„Es sind die Formen … sie werden nicht, wie ich das will. Ich brauche ein Modell“, schimpfte er.

Was ein Modell für einen Maler oder Bildhauer tun musste, hatte Penny schon einmal gehört. Meistens waren es Frauen, die nackt sitzen oder stehen mussten. Instinktiv hob Penny die Badetasche, als wollte sie sich damit schützen.

„Kennst du keinen Mann mit Muskeln, der für mich Modell steht?“, fragte Onkel Morris eifrig.

Erleichtert, dass keine Frau gesucht wurde, ließ Penny die Tasche wieder sinken und schüttelte den Kopf.

„Schade!“ Nachdem er das gesagt hatte, drehte sich der Onkel um und kehrte in sein Atelier zurück.

Penny suchte einen ruhigen Platz am Badeteich, breitete ihr Handtuch aus und legte sich in die Sonne. Milli und Robin, denen heiß war, bevorzugten den Schatten eines Baumes.

Immer wieder musste Penny an Elvis denken. Noch immer hatte er sich nicht gemeldet. Sie versuchte erneut, ihn anzurufen, und diesmal bekam sie ihn sogar an den Apparat. Er klang gehetzt.

„Ja, hallo“, begrüßte er sie knapp.

„He, Elvis, was soll das Theater?“, brauste Penny auf.

„Ich weiß nicht, wovon du redest.“

„Du spielst den Beleidigten, rufst nicht an und hast dein Handy ständig ausgeschaltet.“

„Nein, es ist an. Allerdings ist nicht überall Empfang, wie du weißt.“

„Findest du das witzig?“, fauchte Penny.

„Nicht witzig, sondern Tatsache.“

„Wo bist du denn, dass es dort keinen Empfang gibt?“ Obwohl Penny genau diese Frage nicht hatte stellen wollen, war sie damit einfach herausgeplatzt. Sie ärgerte sich, sobald sie sie ausgesprochen hatte.

„Ich knutsch mal hier und mal dort, vertreib mir eben die Zeit“, giftete Elvis zurück.

„Du bist einfach widerlich!“

Nach einer kurzen Pause kam von Elvis: „Danke für das Kompliment. Dann weiß ich ja, was du von mir hältst. Sonst noch etwas?“

Penny spürte, dass sie zu weit gegangen war, wollte aber nicht klein beigeben. „Dieses Theater stinkt mich an!“

„Dann sei froh, dass du weit weg bist. Bestimmt gibt es dort andere, die nicht widerlich sind und dich nicht anstinken. Und jetzt muss ich weitermachen.“ Ohne sich zu verabschieden legte Elvis auf.

„Blödmann“, schimpfte sie. Sie konnte und wollte nicht verstehen, wieso sich Elvis so aufführte.

Wütend schleuderte sie das Handy in die Tasche, stand mit einem Ruck auf und lief ins Wasser. Milli und Robin folgten ihr begeistert. Während die Hunde am Ufer blieben, schwamm Penny sich den Ärger von der Seele. Mit kräftigen Schwimmbewegungen pflügte sie von einem Ufer zum anderen, hin und her und im Kreis. Keuchend kam sie wieder an Land und ließ sich von der Sonne trocknen.

„Verknallte Koalas“, fiel ihr ein.

Den orangefarbenen Zettel hatte sie doch aufgehoben! Sollte sie Marlon anrufen? Sie hatte Lust auszugehen.

„Aber Elvis“, sagte eine warnende Stimme in ihr.

Der Trotz war größer. Penny faltete den Zettel auseinander und tippte die Nummer in ihr Handy. Marlon meldete sich sofort nach dem ersten Freizeichen. Er war überaus erfreut, Pennys Stimme zu hören.

„Tut mir Leid wegen meines schnellen Abgangs. Es gibt einen Grund, den ich dir später einmal erklären kann. Aber jetzt zum Wichtigsten: Sehen wir uns?“

„Ja!“, lautete Pennys Antwort.

Mit großer Zufriedenheit blickte jemand auf die Zeitungsberichte über die angebliche Qual der Elefanten im Zoo von Bingenstadt. Fast liebevoll strich der Unbekannte mit der Hand über das raue Papier der Zeitung. Sorgfältig hatte er jeden Artikel ausgeschnitten und gesammelt. Auf Video waren alle Meldungen aufgenommen, die im Fernsehen gebracht worden waren. Viele Male schon hatte sie der Unbekannte angesehen.

Seit die ersten Skandalmeldungen veröffentlicht worden waren, hatte er es sich verkniffen, jeden Tag in den Tiergarten zu gehen. Obwohl er ständig die Perücken wechselte, zwischen fünf verschiedenen Sonnenbrillen auswählte und auf unauffällige Kleidung achtete, war ihm das Risiko zu groß, erkannt zu werden. Er beschränkte sich darauf, dreimal die Woche den Zoo zu besuchen. Seine Ziele waren immer die gleichen: das Elefantengehege, das Koalahaus und das Eisbärengehege. Für seinen ersten Schlag hatte er sich viel Zeit gelassen. Es sollten nun ein oder zwei Wochen vergehen, in denen sich alles wieder beruhigte. Umso heftiger würden die nächsten Anschläge treffen.

Der Unbekannte hatte sich noch nicht entschieden, bei welchen Tieren er beginnen wollte. Es hing davon ab, wann die Koalas nun endlich eintrafen und wann das Elefantenjunge zur Welt kam. Nachdem er alles nach Plan durchgeführt hatte, würden der Zoo und sein Direktor jedenfalls erledigt sein.

Er musste an das blonde Mädchen denken, das er bereits mehrere Male im Zoo beobachtet hatte. Sie war Praktikantin und ganz offensichtlich begeistert von der Arbeit. Dazu kam, dass es einen jungen Mann gab, der hinter ihr her war. Das Mädchen ahnte nicht, mit wem sie es da zu tun hatte, doch lange ließ sich das nicht verheimlichen. Würde es bekannt, wäre das dem Unbekannten nur Recht. Das blonde Mädchen würde an Bedeutung gewinnen und er plante schon, sie bei seinem Vorhaben einzusetzen.

Das blonde Mädchen würde das Opfer der letzten und schrecklichsten Stufe seines Planes werden. Es würde noch dauern, bis es so weit war. Der Unbekannte ließ sich gerne Zeit. Es bereitete ihm die größte Freude, den Direktor des Zoos zu beobachten. Er belauschte die Gespräche, die dieser daheim mit seiner Frau führte und ergötzte sich an seiner Verzweiflung.

Geschieht dir recht, war sein Gedanke. Geschieht dir völlig recht.

Das Modell

Nicht da? Du gehst aus?“ Onkel Morris stand vor Penny wie ein Kind, dem man das Lieblingsspielzeug weggenommen hatte. Penny hatte ihn im Durchgang zum Hof getroffen, als sie vom Baden zurückgekommen war. Täuschte sie sich oder versuchte er ihr den Weg zu verstellen?

„Das kannst du nicht tun“, jammerte der Onkel. „Nicht heute Abend.“

Penny spürte, dass der Onkel etwas vor ihr verbarg. „Was ist denn los, Onkel Morris?“, fragte sie.

Als er einen Schritt zur Seite machte, sah sie im Hof eine kleine Garten-Sitzgarnitur aus Korbgeflecht stehen. Stühle und Tisch waren weiß gestrichen und leuchteten im orangefarbenen Licht der Abendsonne.

„Hast du die gekauft?“, fragte Penny überrascht.

„Nicht gekauft. Vom Sperrmüll geholt. Ich habe nicht so viel Geld.“ Onkel Morris schien beleidigt, weil Penny ihm eine Geldausgabe unterstellt hatte. Sie ging näher und begutachtete die Möbel, die wie neu aussahen.

„Habe alles gut abgespritzt“, sagte Onkel Morris schnell. „Alles sauber.“

Mit der Hand fuhr Penny über das Geflecht. Es war straff und hart.

„Die Sitzmöbel müssen eingeweiht werden“, erklärte der Onkel bestimmt. „Deshalb kannst du heute nicht ausgehen.“ Erwartungsvoll sah er sie an.

Auch wenn sie nur sehr wenig Lust hatte, noch einen Abend allein mit dem schrulligen Onkel zu verbringen, es würde ihr wohl nichts anderes übrig bleiben. Schweren Herzens rief Penny Marlon an, der genauso enttäuscht war wie sie selbst.

„Morgen klappt es ganz bestimmt", versprach Penny.

„Das will ich schwer hoffen", meinte Marlon mit gespieltem Drohen in der Stimme.

Penny hatte sich zum Telefonieren in ihr Dachzimmer zurückgezogen. Als sie wieder herunterkam, warf der Onkel gerade ein Tuch über den Tisch. Penny konnte nicht genau erkennen, ob es sich um ein Tischtuch oder ein Leintuch handelte.

Ein lang gezogenes Knarren der Eingangstür ließ Penny herumfahren. Ihre Augen wurden vor Überraschung sehr groß und weit, als sie sah, wer von draußen hereinschlüpfte und verlegen grinste.

„Du? Hier?" Sie konnte es noch immer nicht fassen.

„Ich dachte, ich sehe einmal nach, wie es dir so geht, Schwesterherz."

Der unerwartete Besucher war Pennys großer Bruder Kolumbus. Sie kannte ihn gut genug um zu wissen, dass der Besuch nicht ihr galt. Etwas anderes steckte dahinter.

Kolumbus lächelte, als wären seine Mundwinkel oben hängen geblieben. Betont locker fragte er mit einer Handbewegung auf den Innenhof: „Und? Alles nett hier bei Onkel Morris?"

„Warum bist du wirklich gekommen?", fragte Penny ungerührt, verschränkte die Arme vor der Brust und sah ihn herausfordernd an.

„Meinst du, ich könnte ein paar Tage bleiben?“ Verlegen versuchte Kolumbus seine Finger im Hosenbund einzuhaken.

Penny konnte sich ein Lächeln nicht verkneifen. „Was ist denn mit dir los? Warum warst du so lange verschwunden?“

„Was redest du da für Quatsch“, brauste Kolumbus plötzlich wütend auf.

Onkel Morris, der das weiße Tuch – es war tatsächlich ein Leintuch – noch immer an einer Ecke festhielt, kam, um nachzusehen, was los war. Er erkannte Kolumbus nicht und nickte nur abweisend, als sich Pennys Bruder vorstellte. Als Kolumbus bat, ein paar Tage bleiben zu dürfen, warf Onkel Morris einen fragenden Blick in Pennys Richtung.

„Oben ist doch noch ein Zimmer“, meinte sie. „Dort kann er doch schlafen.“

Es war dem Onkel anzusehen, wie wenig er sich mit dem neuen Gast anfreunden konnte. Kolumbus überging sein Zögern und holte von draußen einen prall gefüllten Rucksack. Durch das Tor konnte Penny ein schickes Motorrad sehen.

„Ist das deines?“, wollte sie wissen.

Kolumbus seufzte. „Leider nicht. Es gehört Ivan. Er hat es mir geborgt. Das heißt, er musste es mir borgen.“

Penny führte ihren Bruder in das Obergeschoss, zeigte ihm sein Zimmer, trat mit ihm ein, schloss hinter sich die Tür und lehnte sich dagegen. „So, und jetzt möchte ich endlich wissen, was los ist!“, verlangte sie.

Kolumbus, der Pennys Hartnäckigkeit genau kannte, suchte gar nicht länger nach Ausflüchten.

„Es geht um diese Fernsehsendung, in der ich aufgetreten bin."

„Ach ja, ich erinnere mich!" Penny hob nur eine Augenbraue. Ihr fiel wieder ein, was Kolumbus in der Sendung über sie gesagt hatte. „Bist du gekommen, um meine losen Schrauben zu befestigen?"

Auf einmal verlor Kolumbus die Fassung. „Die haben mich reingelegt beim Fernsehen. Ich habe das doch alles nicht so gemeint. Vor der Sendung ist ein Typ zu mir gekommen, der sich Redakteur nannte. Er hat mir vorgekaut, was ich sagen sollte. Angeblich hatte man auch den anderen Gästen genau vorgegeben, was sie sagen sollten."

Ein mitleidiges Lächeln war alles, was Penny für ihren Bruder übrig hatte. „Kein Mensch kann so dämlich sein, sich so einen Schwachsinn einreden zu lassen."

„Ich bin eben so dämlich!" Kolumbus schrie fast. „Ich bin doch nur in diese Sendung, weil mich ein Typ vom Fernsehen in der Disko angequatscht und eingeladen hat. Und Lara beeindruckt so etwas. Also ich meine, wenn ich im Fernsehen bin."

Penny konnte sich leicht zusammenreimen, dass Lara Kolumbus' neue Flamme war.

„Aha. Und, hat es gewirkt?"

Kolumbus schüttelte niedergeschlagen den Kopf. „Seither dreht Lara durch. Sie hat all ihre Freundinnen aufgerufen, auf mich Macho-Jagd zu machen. Es waren noch nie so viele Mädels hinter mir her."

„Muss dir doch Spaß machen", meinte Penny.

„Sie bewerfen mich mit faulen Eiern und Tomaten, wenn sie mich irgendwo sehen. In der Eisdiele hat eine von Laras Freundinnen serviert und mir ein Tablett voll Eisbecher über meine neue weiße Jeans und mein Hemd fallen lassen. Ich kann nirgendwo mehr hingehen, ohne dass eine von ihnen mir etwas antut."

„Du Armer", sagte Penny, doch es klang ganz und gar nicht mitleidig.

„Bitte, mach kein Theater, nur weil ich ein paar Tage hier bleiben möchte", brummte Kolumbus.

„Die Entscheidung liegt bei Onkel Morris", erwiderte Penny sehr ernsthaft.

Sie verließ das Zimmer und ging hinunter. Um ihren Mund spielte ein teuflisches Grinsen. Sie traf den Onkel im Hof, wo er gerade einen Teller mit Käsestücken auf den Tisch stellte.

„Onkel Morris", begann Penny. Ihr Blick war durch die hohen Glasfenster in das Bildhaueratelier des Onkels gewandert. „Ich hätte das männliche Modell für dich, das du suchst."

Der dürre alte Mann richtete sich auf und sah sie erwartungsvoll an. „Wer ist es? Er muss einen gut gebauten Körper haben und die nächsten Tage immer für ein paar Stunden für mich stehen. Nackt natürlich. Ich muss Skizzen machen. Erst dann kann ich an meinem Kunstwerk weiterarbeiten."

„Kolumbus tut das sicher gerne", erklärte Penny.

Morris musterte sie überrascht.

„Er wird sich natürlich zunächst genieren, dir nackt Modell zu stehen. Aber du kannst es ja ganz einfach als Gegenleistung dafür, dass er bei dir wohnen kann, verlangen. Dann ist Kolumbus bestimmt bereit dazu."

„Du bist ein Goldstück", jubelte der Onkel und

klatschte vergnügt in die Hände. Als Kolumbus genau in diesem Augenblick aus dem Haus trat, nickte Onkel Morris zufrieden. „Genau der Richtige."

„Sag es ihm beim Essen", raunte Penny noch schnell, bevor Kolumbus in Hörweite war.

Es lief alles so ab, wie Penny sich das vorgestellt hatte. Auf Kolumbus' Bitte, ein paar Tage bei ihm wohnen zu dürfen, verlangte Onkel Morris, dass er ihm für die neue Statue Modell stand.

Noch nie zuvor hatte Penny ihren Bruder so rot werden gesehen.

„Ich? Muss ich da …?" Kolumbus schämte sich, das Wort auszusprechen.

„Nackt musst du sein. Natürlich. Stell dich nicht so an", wies ihn der Onkel zurecht. „Da wollt ihr immer die moderne Jugend sein, und dann traut ihr euch nicht einmal aus den Klamotten."

Kolumbus schluckte. Er befand sich in einer Zwickmühle. Alle Freunde, die er hatte besuchen können, waren schon abgeklappert. Onkel Morris war die letzte Zuflucht.

„Wird man mich … erkennen können?", fragte er stotternd.

Onkel Morris lachte. „Wenn ich dich gut treffe, erkennen dich bestimmt die Mädchen, die dich schon nackt gesehen haben."

Schadenfroh beobachtete Penny ihren Bruder. Bestimmt wäre er vor Scham am liebsten unter das tief herabhängende Tischtuch gekrochen.

„Ich fange um halb sechs am Morgen zu arbeiten an und da musst du bereit sein", erklärte der Onkel zackig. Kolumbus suchte verzweifelt nach Ausflüchten. Von Penny erhielt er keine Unterstützung. Sie sagte nur mit gespielter Begeisterung: „Onkel Morris, habe ich nicht einen tollen Bruder? Er ist wirklich ein Kumpel und so hilfsbereit. Vor allem ist er so aufgeschlossen und modern."

Kolumbus gab sich geschlagen.

Am nächsten Morgen, als Penny einen Blick durch die staubigen Fenster warf, sah sie Kolumbus nackt auf einem Steinsockel stehen. Damit Onkel Morris die richtige Armhaltung zeichnen konnte, musste er einen zusammengefalteten Sonnenschirm umarmen. Der Onkel saß auf einem dreibeinigen Hocker und warf schnelle Striche auf einen Skizzenblock.

Immer wieder wanderten Kolumbus' Augen besorgt zu den großen Fenstern. Er fürchtete, jemand könnte hereinsehen. Penny winkte ihm übertrieben zu, worauf er sofort sein T-Shirt von der Stuhllehne hochriss, über die er es geworfen hatte, und sich schützend vorhielt.

„Still stehen, du musst ganz still stehen", schimpfte Onkel Morris los.

Penny hatte ihre Rache noch nicht vollendet. Sie nahm ihre Kamera aus der Tasche und knipste ein paarmal durch die Scheibe. Die Fotos würde sie gut aufbewahren. Falls Kolumbus wieder einmal Ärger machte, konnte sie ihm die Bilder unter die Nase halten.

Zufrieden spazierte sie mit Milli und Robin Richtung Tiergarten los.

Sie traf den Direktor vor seinem Haus an. Er verabschiedete sich gerade mit einem liebevollen Kuss von seiner Frau. Penny drehte sich weg und tat, als hätte sie nicht hingesehen. Ihre Hunde waren da anders. Freudig bellend und wedelnd sprangen sie zu ihrer „Tagesmutter“. Milli richtete sich an den Hosenbeinen von Frau Friedmann auf und Robin gab einen seiner lauten Kläffer von sich, mit denen er Fremde häufig heftig erschreckte.

„Morgen, Penny“, begrüßte sie der Tiergartendirektor. „Heute ist ein großer Tag. Du wirst bei einem großen Augenblick dabei sein.“

„Kommt das Elefantenjunge zur Welt?“, fragte Penny aufgeregt.

„Nein, es sieht nicht danach aus. Aber gegen Mittag kommen unsere Koalas an. Du kannst mich zum Flughafen begleiten.“

Diese Einladung nahm Penny mit Begeisterung an.

Den Vormittag verbrachte sie damit, beim Putzen der Aquarien zu helfen. Um halb zwölf wurde sie über Lautsprecher in die Direktion gerufen. Herr Friedmann war hektisch und aufgeregt, wie Penny ihn noch nie gesehen hatte.

„Der Flug kommt eine ganze Stunde verfrüht an. Wir müssen uns beeilen!“

Auf der Fahrt zum Flugplatz erzählte er Penny, woher die Koalas kamen. „Sie sind beide im Zoo von San Diego aufgewachsen. Natu, das Männchen, ist vier Jahre und Sin Lu, das Weibchen, fünf Jahre. Es war gar nicht einfach, Koalas für den Zoo zu bekommen. Wir müssen uns am Zuchtprogramm beteiligen und alles tun, damit es Nachwuchs gibt. Koalas sind nämlich eine gefährdete Tierrasse.“

Das konnte Penny gar nicht glauben. „Wieso denn?"

„Koalas leben ausschließlich in Australien und nur auf Eukalyptusbäumen. Bei Wind und Wetter sitzen sie auf den Bäumen, brauchen keine Höhlen oder Verstecke und wollen nur in der Nähe ihres Futters sein. Eukalyptus ist für jedes andere Tier giftig, nicht aber für Koalas. Ihre Zahl hat sich stark verringert und daran sind Waldbrände und Dürre schuld. Dazu kommt, dass gerade die australischen Großstädte Sydney, Melbourne und Brisbaine in Gegenden entstanden sind, in denen sich vor langer Zeit die Hauptlebensräume der Koalas befunden haben."

Penny seufzte. Es bedrückte sie, dass sich die Menschen auf Kosten der Tiere immer weiter ausbreiteten.

„Früher sind Koalas wegen ihres dichten Felles gejagt worden. Das ist vorbei", fuhr Direktor Friedmann fort. „Trotzdem ist der Mensch heute noch immer der größte Feind der Koalas, da er mit Straßen und Stromleitungen die Eukalyptuswälder durchschneidet. Aus diesem Grund ist es Aufgabe der Zoos, darauf zu achten, dass Koalas nachgezüchtet werden. Nur so kann ein Aussterben verhindert werden."

Penny deutete aufgeregt nach rechts. „Abbiegen, hier geht's zum Flugplatz."

Herr Friedmann konnte gerade noch den Wagen herumreißen und in die Abfahrt einfädeln.

Die Ankunft

Das Flugzeug war bereits gelandet. Ein sehr ernster, wichtigtuerischer Flughafenbediensteter führte Direktor Friedmann und Penny durch kahle Gänge zu einem kleinen Bus, der sie zur Maschine brachte. Über ein Funkgerät sprach er mit dem Piloten und drehte sich dann zu Herrn Friedmann um.

„Die Tiere befinden sich noch an Bord. Man erwartet Sie dringend." Der Vorwurf wegen der Verspätung war nicht zu überhören.

Vor einem großen Jet hielt der Bus. Der Zoodirektor hastete die Gangway hinauf, dicht gefolgt von Penny. Hinter der offenen Luke des Flugzeuges wartete eine lächelnde Flugbegleiterin.

„Ich wünschte, wir hätten immer so angenehme Passagiere", sagte sie zur Begrüßung.

Die Koalas waren wirklich sehr nobel unterwegs. Sie flogen erster Klasse. In dem kleinen Kabinenteil befanden sich nur wenige, sehr ausladende Polstersitze. Am Fenster waren es jeweils zwei nebeneinander. In einem saß eine Pflegerin, daneben stand eine Transportbox aus Kunststoff. In der Reihe dahinter hatte es sich ein Pfleger bequem gemacht, neben dem eine ebensolche Transportbox festgeschnallt war.

Die Pflegerin, eine pummelige junge Frau mit roten Backen, hob behutsam ein Stück Stoff, das vorne über die Gittertür der Transportbox gehängt war. Dahinter kam das flauschige kakaobraune Fell des Koalas zum

Vorschein. Er hielt einen dicken Ast umklammert, der so in der Box montiert war, dass er nicht kippen konnte. Die Augen hatte der Koala geschlossen. Penny wusste, dass es ein gutes Zeichen war. Schlaf war für diese Tiere besonders wichtig.

Auch der zweite Koala war wohlauf. Sein Pfleger, ein junger Mann mit muskulösen Oberarmen, der ein zu enges T-Shirt trug, grinste breit, als er gemeinsam mit dem Direktor einen Blick in die Box warf.

„I call him Sleeping Beauty", erklärte er. Übersetzt hieß das: Ich nenne ihn Dornröschen, die schlafende Schönheit.

Noch ein weiterer Mann war als Begleitung der Koalas aus den USA mitgekommen. Er half beim Ausladen und dem Transport der Behälter in den kleinen Bus. Penny wollte sich nützlich machen, erntete von der Pflegerin aber einen scharfen, abweisenden Blick.

„Regina ist bei uns im Zoo für die Koalas zuständig", erklärte Direktor Friedmann Penny. Er musste laut sprechen, weil er sonst im Lärm der Flugzeuge nicht zu hören gewesen wäre. „Sie war jetzt zwei Wochen in San Diego, um dort die Gewohnheiten unserer beiden Neulinge ganz genau kennen zu lernen. Frank", er deutete auf den muskulösen Pfleger, „war der Pfleger, der sie bisher betreut hat. Er wird noch ein paar Tage bleiben, um zu helfen, falls es Schwierigkeiten bei der Umstellung gibt."

„Darf ich bei den Koalas arbeiten?", platzte Penny heraus.

Nach kurzem Nachdenken willigte Herr Friedmann ein.

Der zweite Mann trat vor den Zoodirektor und schüttelte ihm die Hand. Er stellte sich als Sam Strinner vor und war Tierarzt im Zoo von San Diego. In den Vorschriften zum Transport der Koalas wurde verlangt, dass immer ein Tierarzt dabei sein musste.

Penny saß auf der hintersten Bank des kleinen Busses und beobachtete Regina, die wie eine Glucke über die beiden Koalas wachte. Beim Umladen in den Kombi des Zoodirektors wies sie wieder Pennys Hilfe schroff zurück. Schon kamen Penny Zweifel, ob es wirklich so gut war, im Koala-Haus zu arbeiten.

Der Zoodirektor fuhr fast im Schritttempo zurück. Im Tiergarten angekommen, steuerte er den Wagen über die asphaltierten Wege, die die Besucher benutzten, bis zum Koalahaus. Behutsam wurden die Transportkäfige ausgeladen und in das Haus getragen.

Für jeden der beiden Koalas gab es ein eigenes Abteil.

„Koalas sind Einzelgänger", erklärte Herr Friedmann. „Nur zur Paarungszeit kommen sie zusammen."

Frank, der zu Pennys Überraschung fast fließend Deutsch konnte, nickte zustimmend. Er deutete auf einen der beiden Käfige. „Wie es aussieht, könnte es bei Sin Lu bald so weit sein. Zwar etwas früh, aber in Gefangenschaft verhalten sich die Tiere oft anders als in freier Wildbahn."

Die Gehege der Koalas waren sorgfältig mit Naturstein ausgestattet. Vom Boden bis zur Decke reichten Baumstämme mit einladenden Astgabeln. Sie waren gut verankert und sollten die neuen Aufenthaltsorte der Koalas werden.

Bevor die Tiere aus den Transportbehältern geholt wurden, inspizierte Regina gewissenhaft die Gehege. Frank unterstützte sie dabei. Er prüfte die zahlreichen dünnen Behälter, die seitlich an den Baumstämmen angebracht waren. Für Penny sahen sie aus wie sehr lange und sehr schmale Vasen. Täuschte sie sich oder enthielten sie tatsächlich Wasser?

„Wir stecken ein paar Eukalyptusäste hinein, die wir aus San Diego mitgebracht haben“, erklärte Frank. „Wir haben auch den Eukalyptus, den ihr in Zukunft füttern werdet, geliefert.“

„Gar nicht so einfach, frisches Futter für die Koalas zu bekommen“, seufzte Direktor Friedmann. Er zeigte Penny eine Kühlkammer hinter den Gehegen, in der auf einem Tisch in Abständen dicke Bündel der harten Blätter aufgelegt waren. „Das sind vier verschiedene Sorten von Eukalyptus, denn Koalas sind große Feinschmecker. Jeder frisst nur ganz bestimmte Arten. Wir bekommen das Futter aus Südengland. Dreimal die Woche wird es eingeflogen. Zum Glück sponsert die Fluglinie den Transport, sonst wäre er kaum zu bezahlen.“

Mit großer Sorgfalt zupfte Regina einige Stämme aus den Bündeln und brachte sie in die Gehege, in denen Frank bereits dabei war, den Eukalyptus aus San Diego in die feinen Vasen zu stecken.

„Merk dir genau, welcher Eukalyptus wo steckt“, schärfte er Regina ein. „Nur so erfährst du, welche Sorte die beiden Schätze wirklich fressen.“

Endlich war es so weit. In den Gehegen war alles hergerichtet und Regina stellte einen der beiden Transportbehälter auf einen Tisch im Gang, der hinter der Anlage entlangführte. Er diente den Pflegern und war für die Besucher unsichtbar. Nachdem sie einen fragenden Blick zu Direktor Friedmann geworfen und ein zustimmendes Nicken erhalten hatte, öffnete Regina die vergitterte Tür und griff vorsichtig nach dem pelzigen Tier. Sin Lu öffnete die Augen und gähnte herzhaft. Willig ließ sie sich vom Ast ziehen und klammerte sich an Regina. Der Pflegerin war anzusehen, dass das Koalaweibchen einiges wog.

Es war ein rührender Anblick. Der Koala schmiegte sich an seine Pflegerin, als wollte er kuscheln, und musterte die Umgebung wie ein Baby. Die großen dunklen Augen hatten dabei etwas sehr Kritisches.

Direktor Friedmann bemerkte Pennys sehnsüchtigen Blick und wandte sich an Frank. Er flüsterte ihm etwas zu, worauf der amerikanische Pfleger Penny einen prüfenden Blick zuwarf. Dann nickte er zustimmend und winkte ihr, zu ihm zu kommen. Zögernd bewegte sich Penny einen Schritt nach vorne. Der Amerikaner forderte sie auf ihm dabei zu helfen, den zweiten Transportkäfig hochzuheben. Frank holte Natu, das Männchen, heraus und reichte es dann an Penny weiter.

Im ersten Augenblick machte Penny vor Überraschung einen Schritt zurück.

„Willst du nicht?“, fragte Frank verwundert.

„Doch!“ Penny nickte heftig und kaute vor Aufregung an ihrer Unterlippe. Frank deutete ihr mit dem Kopf, die Arme auszubreiten und hob den Koala, Pfoten und Gesicht nach vorn, in Pennys Richtung. Der drollige Kerl klammerte sich sofort an ihrem T-Shirt und der Latzhose fest. Penny spürte das dichte Fell an ihren Händen, das sich wie eine Bürste mit weichen Haaren anfühlte. Der Koala war ziemlich schwer. Penny schätzte ihn auf zehn Kilogramm. Durch das dünne T-Shirt war das Schlagen seines Herzens zu spüren. Er atmete schnaufend und sah sich um. Seinen Blick deutete Penny als missgelaunt. Oder täuschte sie sich?

Das Erlebnis, den Koala halten zu dürfen, war unbeschreiblich. Der feste Körper fühlte sich gut und warm an, fast wie ein Teddybär, nur viel, viel schwerer. Als Penny dieses Gefühl aussprach, meinte Direktor Friedmann fast tadelnd: „Koalas sind doch keine Bären, Penny. Das müsstest du wirklich wissen."

„Weiß ich auch", beeilte sich Penny zu versichern. „Es sind Beuteltiere."

Frank zeigte mit Daumen und Zeigefinger die Größe einer Bohne.

„Wenn ein Junges geboren wird, ist es ungefähr so groß und nackt. Es hat aber schon kräftige Vorderpfoten und kriecht von allein durch das Fell in den Beutel. Dort saugt es sich an der Zitze fest, und die nächsten fünf Monate besteht sein Leben aus Milch saugen und wachsen. Hat es dann Haare, guckt es zum ersten Mal aus dem Beutel der Mutter."

Es fiel schwer, so etwas zu glauben, wenn man das plumpe, ziemlich schwere Tier in Pennys Arm ansah. Natu patschte mit der Pfote unruhig auf ihr herum und drehte suchend den Kopf.

„Er muss in sein Gehege, um zu fressen", erklärte Frank. Ein paar Schritte genügten und Penny trat durch die schmale Metalltür. Ratlos stand sie vor den Stämmen und Astgabeln und drehte sich Hilfe suchend nach Frank um.

„Setz ihn auf den Boden“, schlug der Tierpfleger vor.

Als Penny das tat, bewegte sich der Koala etwas umständlich auf den nächsten Stamm zu und kletterte hinauf. In der ersten Astgabel ließ er sich nieder, rückte das Hinterteil hin und her, um noch bequemer zu sitzen, und begann sofort, die Eukalyptusblätter zu kauen, die ihm fast ins Maul wuchsen. An Franks Miene war abzulesen, dass er über die schnelle Eingewöhnung von Natu sehr zufrieden war.

Nebenan hatte auch das Koalaweibchen einen Platz gefunden, an dem es sich wohl fühlte. Ganz so schnell wie bei Natu war es nicht gegangen. Das Weibchen war auf dem ersten Stamm nicht zufrieden gewesen und hatte sich von Regina zum nächsten tragen lassen.

„Beide fressen euren Eukalyptus“, stellte Frank sehr zufrieden fest. „Ich hätte nicht gedacht, dass sie ihn so schnell annehmen.“

Das Koalahaus sollte erst zum Wochenende eröffnet werden. In den ersten Tagen durfte es bei der Eingewöhnung keine Störungen geben.

„Kommt, ich zeige euch etwas“, sagte Direktor Friedmann. Regina winkte ab. Sie wollte bei den Koalas bleiben. Falls sich eines der Tiere doch nicht so wohl fühlte, musste sofort etwas unternommen werden.

Penny blieb zurück, um noch einen Blick auf das possierliche Tier zu werfen, das sie gerade im Arm gehalten hatte. Nie würde sie die Schwere des Koalas und die Weichheit seines Felles vergessen.

Von hinten trat Regina zu Penny. Sie roch verschwitzt und zog heftig durch die Nase auf.

„Ich finde, du machst dich hier sehr wichtig“, zischte sie ihr giftig zu.

Erschrocken drehte sich Penny zu ihr um. Ablehnend starrte Regina sie an.

„Entschuldige, es war nicht meine Idee. Herr Friedmann hat …“

Regina unterbrach sie scharf. „Du machst dich bei ihm Liebkind, weil deine Mutter seine Beraterin ist. Falls du hier arbeiten willst … du bist unerwünscht!“

„Penny, wo bleibst du?“, kam von draußen die Stimme des Zoodirektors.

Die beiden Mädchen sahen sich feindselig an. Nein, so einfach ließ sich Penny nicht davonjagen. Sie verkniff sich jede schnippische Antwort, wandte sich ab und verließ den Bereich der Pfleger.

Vor der langen Glasscheibe, hinter der man die Koalas auf den Baumstämmen bewundern konnte, standen Herr Friedmann, Frank und der Tierarzt.

„Macht mal Lärm“, forderte der Zoodirektor sie auf. Als die anderen nicht gleich verstanden und zögerten, begann er selbst laut zu sprechen und in die Hände zu klatschen. Aus einem Lautsprecher meldete sich eine freundliche, aber sehr bestimmte Frauenstimme: „Bitte Ruhe, die Koalas dürfen nicht gestört werden. Sie brauchen bis zu zwanzig Stunden Schlaf am Tag“, mahnte sie.

„Klopf an die Scheibe“, verlangte Friedmann von Penny. Sie tat ihm den Gefallen, worauf die Stimme sofort wieder zu hören war: „Bitte nicht an das Glas klopfen, da das Geräusch die Koalas stört. Bekommen sie zu wenig Schlaf, können sie krank werden."

„Gutes System", lobte Penny.

„Die besten Sensoren!", erklärte Herr Friedmann stolz.

„Warum müssen die Koalas überhaupt so viel schlafen?", erkundigte sich Penny interessiert.

„Weil in dem einzigen Futter, das sie zu sich nehmen, nicht genug Energie für mehr steckt", erklärte Frank. „Sie bekommen aus den Eukalyptusblättern gerade genug um weiterzufressen, sich ein wenig zu bewegen und sich fortzupflanzen. Sogar das Wasser, das sie benötigen, kriegen sie aus den Blättern. Sich zu einem See oder Wasserloch zu bewegen, wäre für sie schon zu viel Anstrengung."

Herr Friedmann nickte. „Die Natur hat den Koalas ein Futter gegeben, das wirklich nur sie fressen und verdauen können. Deshalb müssen sie sich auch nicht mit anderen Tieren darum raufen. Allerdings ist es ein Futter, das nur ein sehr ruhiges Leben zulässt."

Frank gähnte herzhaft. „Ich glaube, ich mache es jetzt den Koalas nach", meinte er. „Der lange Flug und die Zeitumstellung haben mich geschafft."

Einfach schäbig

Obwohl ihr Wunsch in Erfüllung gegangen war und sie im Koala-Haus arbeiten durfte, sehnte Penny den Abend herbei. Sie freute sich auf das Treffen mit Marlon. Auf dem Heimweg kam ihr ein Gedanke, den sie gar nicht mochte: Freue ich mich auf Marlon oder geht es mir um die Rache an Elvis?

Sie schob den Gedanken beiseite und blieb sich die Antwort schuldig. Nachdem sie geduscht und sich die Haare gewaschen hatte, stand sie unentschlossen vor dem Kleiderschrank. Sie angelte verschiedene Hosen, Blusen und T-Shirts heraus und hielt sie sich an, konnte sich aber für nichts entscheiden. Schließlich wählte sie eine enge helle Leinenhose und ein nabelfreies weißes T-Shirt. In Kolumbus' Schrank fand sie ein weißes Herrenhemd, das nur mäßig zerknittert war, und zog es wie eine Jacke an.

Kolumbus saß im Garten und versuchte zu lesen. Aber er war nicht bei der Sache. Immer wieder blickte er auf und träumte vor sich hin. Er kam sich vor wie ein Gefangener. Penny vertraute ihm die Hunde an und verabschiedete sich. Neidisch sah ihr Kolumbus nach. Er wäre auch gern ausgegangen, doch die Sendung war offenbar von sehr, sehr vielen Leute gesehen worden. Er konnte sich nirgendwo sicher fühlen. Die meisten Mädchen, denen er begegnete, erkannten ihn wieder und ließen ihn sofort wissen, was sie von seinem Gequatsche hielten.

Marlon erwartete Penny an einem Brunnen auf dem Hauptplatz. Er saß auf dem Rand des steinernen Brunnenbeckens. Hinter ihm schoss eine Wasserfontäne in die Höhe. Da er sich genau davor befand, sah es aus, als würde er wie ein Wal Wasser in die Höhe blasen.

„Warum lachst du so?“, wollte Marlon wissen, als Penny auf ihn zukam. Sie erzählte ihm, welche Assoziation sie gerade gehabt hatte. Elegant sprang er vom Brunnenrand. Penny hatte ihm zur Begrüßung die Hand hingestreckt, die er aber nicht beachtete. Stattdessen nahm er sie sanft an den Schultern und hauchte ihr einen Kuss auf die Wange.

„Ich dachte mir, wir gehen erst einmal eine Pizza essen. Hier in Bingenstadt sagen sich zwar die Füchse gute Nacht, doch Pizzas können die Bingenstädter backen. Wusstest du, dass es in keiner anderen Stadt so viele Pizzerias gibt wie hier?“

Plaudernd schlenderten sie durch die Gassen und Gässchen. Viele Häuser waren sehr alt und schienen sich nach vorn zu neigen, als müssten sie den Gebäuden auf der anderen Straßenseite etwas Vertrauliches zuflüstern. Marlon hatte seinen Arm um Pennys Schulter gelegt und sie sachte an sich gezogen. Penny hatte nichts dagegen.

Die Luft war lau und duftete nach Sommer.

Marlon veranstaltete für Penny eine kleine Stadtführung. Wie ein geübter Fremdenführer erzählte er Geschichten über Häuser und Kirchen und über die Streiche, die er als kleiner Junge mit seinen Freunden hier Stadt gespielt hatte.

Die Pizza in der Pizzeria *Antonio* schmeckte ausgezeichnet, und weil Penny großen Hunger hatte, verspeiste sie danach noch eine Portion Tiramisu. Als Marlon anbot, tanzen zu gehen, war sie einverstanden.

Den Gedanken an Elvis konnte sie nicht ganz verdrängen. Immer wieder meldete sich die mahnende Stimme in ihr. Penny ärgerte sich darüber und redete sich ein, dass Elvis es wirklich nicht anders verdiente.

„Woran denkst du?“, hörte sie Marlon während des Essens auf einmal fragen. Sie schüttelte ertappt den Kopf und lächelte verlegen. „An gar nichts“, sagte sie ausweichend. „Es ist ... ein schöner Abend.“

Das Tanzen tat gut. Penny bewegte sich zum Rhythmus der Musik und zog zahlreiche bewundernde Blicke auf sich. Marlon rückte immer wieder nahe an sie heran, um seinen Konkurrenten klar zu machen, dass sie keine Chancen hatten. Um sich abzulenken, ließ sich Penny ganz auf die Musik ein und stellte sich vor, dass die blinkenden bunten Lichter der Disko alle düsteren Gedanken aus ihrem Kopf vertrieben. Damit waren vor allem die Gedanken an Elvis gemeint.

Langsame Songs wurden aufgelegt und rund um Marlon und Penny schmiegten sich die Paare aneinander und glitten langsam und verliebt über die enge Tanzfläche. Als Marlon sie an den Hüften nahm und an sich zog, leistete Penny keinen Widerstand. Sie hob den Kopf und sah in Marlons tiefblaue Augen. Er beugte sich vor und küsste sie vorsichtig. Penny spürte seine Angst, von ihr zurückgewiesen zu werden. Doch sie erwiderte den Kuss und schmiegte sich noch enger an ihn.

Als Penny zum ersten Mal auf die Uhr sah, bekam sie

einen großen Schreck. Es war bereits nach ein Uhr morgens. Sie hatte völlig die Zeit vergessen. Marlon verstand, dass sie schnellstens nach Hause wollte, ließ es sich aber nicht ausreden, sie zu begleiten.

„Als ich dich zum ersten Mal gesehen habe, bist du auf einmal verschwunden. Du hast gesagt, du würdest mir später den Grund erklären", erinnerte ihn Penny auf dem Weg zum Haus von Onkel Morris.

„Ach, Marlene", begann Marlon verlegen.

Penny beschloss, ihn über ihren richtigen Namen aufzuklären. Marlon guckte sehr erstaunt, als sie ihm sagte, wie sie wirklich hieß.

„Das ist mir noch nie passiert. Wieso hast du dich mit einem falschen Namen vorgestellt?"

Ganz genau konnte Penny das auch nicht sagen. Sie vermutete, dass es mit Elvis zu tun hatte. Für ihn war sie Penny, für Marlon aber Marlene. Das war eine andere und deshalb hatte sie Elvis auch nicht betrogen. Jedenfalls versuchte sie sich das einzureden.

„Ehrlich gesagt finde ich Penny schöner als Marlene", meinte Marlon. „Passt auf jeden Fall besser zu dir. Marlene klingt ein wenig lahm."

Sie hatten das blassgelbe Haus von Onkel Morris erreicht. Als sie voreinander standen, wusste keiner der beiden, was er sagen sollte. Schließlich beugte sich Marlon vor und küsste Penny erneut.

„Sehen wir uns bald wieder?", fragte er mit treuherzigem Blick. Die Frage schien ihn einige Überwindung gekostet zu haben.

„Ich ... rufe dich an", antwortete Penny ausweichend.

„Gib mir deine Handynummer“, bat Marlon.

Sie zögerte einen Augenblick zu lang. Marlon machte einen Schritt zurück, als hätte sie ihn beschimpft. Er atmete tief ein, hielt kurz die Luft an und sagte dann enttäuscht: „Ich verstehe. Brauchst nichts mehr zu sagen.“ Dann drehte er sich mit einem Ruck um und ging mit großen Schritten davon.

Betreten blieb Penny zurück. Sie öffnete den Mund, um zu rufen, brachte aber keinen Ton heraus.

Auf einmal kam sie sich schrecklich schäbig vor. Marlon sah nicht nur sehr gut aus, er schien auch ein besonders netter Mensch zu sein. Trotzdem hatte es bei Penny kein bisschen geprickelt. Beim Küssen hatten sich bei ihr nie die feinen Härchen auf den Unterarmen aufgestellt. Überhaupt musste sie sich eingestehen, viel mehr an Elvis als an Marlon gedacht zu haben. Sie hatte ihn ständig mit Elvis verglichen. Der Vergleich war zu Elvis' Gunsten ausgefallen.

„Du hast ihn nur benutzt“, warf sich Penny vor. Es war ihr nie wirklich um Marlon gegangen, sondern nur um die Rache an Elvis. Das schlechte Gewissen nagte so sehr, dass sie sich sofort bei Marlon entschuldigen wollte. Sie hatte seine Nummer noch in ihrem Handy eingespeichert, doch sie bekam keine Verbindung.

Als sie die Haustür aufschließen wollte, stellte sie zu ihrem Schrecken fest, dass sie vergessen hatte, einen Schlüssel mitzunehmen. Jetzt konnte sie nur hoffen, dass nicht abgeschlossen war. Ihre schlimmste Befürchtung trat leider ein: Das Tor ließ sich nicht öffnen, und diesmal war kein Schlüssel unter dem Hinterteil der Frauenstatue.

Penny sammelte ein paar Steinchen ein, machte einige Schritte nach hinten und schleuderte sie zum Fenster von Kolumbus' Zimmer hoch. Die ersten vier Steinchen trafen nicht, erst die nächsten klickten am Fenster. Kolumbus wurde davon aber nicht wach. Sie musste neue Steinchen suchen und weiter werfen. Ohne Erfolg.

Hinter dem Tor hörte sie ein Kratzen und Winseln. Robin hatte sie also bemerkt. Ob es Sinn machte, wusste sie nicht, doch kannte Robin einen Befehl, um Türen zu öffnen. Sie konnte nur beten, dass es klappte.

„Klinke, Robin", zischte sie durch den schmalen Spalt zwischen Tür und Holztor.

Das Kratzen von Robins Krallen über das Holz war zu hören. Er war hochgesprungen und hatte versucht, die Klinke niederzudrücken. Es gab ein kurzes klackendes Geräusch, doch die Tür blieb verschlossen. Robin machte weiter, sprang erneut und wieder klackte es, diesmal heftiger. Die Tür sprang nach innen auf.

Der große Kopf des Berner Sennenhundes schob sich durch den Türspalt und blickte Penny erwartungsvoll entgegen. Sie wuschelte Robin, kraulte ihn hinter den Ohren und lobte ihn vielmals für die Leistung. Eifersüchtig drängte sich Milli dazwischen und bekam ebenfalls ihre Streicheleinheiten.

Auch die Tür zur Wohnung des Onkels stand offen. Robin hatte wohl oben geschlafen, sein Frauchen gehört und war heruntergelaufen.

Müde und niedergeschlagen schleppte sich Penny die Treppe nach oben. Sie ließ ihre Kleidung auf den Boden fallen und kroch unter die Bettdecke. Selten zuvor hatte sie sich so elend gefühlt. Zu ihrer Müdigkeit kam das schlechte Gewissen Elvis und Marlon gegenüber. Milli war an ihrer Seite und kuschelte sich an sie. Penny hatte die Augen schon geschlossen, als ihr einfiel, dass sie den Wecker stellen musste. Es war kurz vor zwei Uhr. Sie würde ohne Wecker bestimmt verschlafen.

Als der kleine Reisewecker um sieben Uhr zu piepsen begann, hatte Penny das Gefühl, gerade erst eingeschlafen zu sein. Ihr Mund war ausgetrocknet und ihre Haare rochen nach Rauch aus der Disko. Nur mit Mühe gelang es ihr, die Augen zu öffnen. Ihr Kopf brummte, als sie sich aufsetzte. Müde schleppte sie sich ins Badezimmer. Aus dem Spiegel sah ihr ein graues Gesicht mit dunklen Ringen unter den Augen entgegen. Ihr sonst so glänzendes blondes Haar wirkte stumpf und ungepflegt.

Nach einer ausgiebigen Dusche zog sich Penny an, ohne darauf zu achten, was sie nahm. Nicht einmal der kurze Blick auf den nackten Kolumbus im Atelier des Onkels konnte sie aufheitern. Sie war nicht nur sehr müde, sondern auch niedergeschlagen. Auf dem Weg zum Tiergarten versuchte sie zuerst, Marlon anzurufen und danach Elvis. Keiner der beiden hob ab.

Obwohl keine einzige Wolke am Himmel war, die Sonne strahlte und alle Leute bester Laune zu sein schienen, fühlte sich Penny wie an einem grauen Novembertag.

Die große Unsicherheit

Nachdem sie sich in die grüne Latzhose gezwängt hatte, steuerte sie das Koalahaus an. Am Eingang wurde sie bereits von Regina erwartet, die ihr vorwurfsvoll entgegensah. Mit dem Finger tippte sie auf ihre Armbanduhr.

„Du bist zu spät."

„Auch dir einen guten Morgen", knurrte Penny zurück.

Regina wischte sich eine feuchte Haarsträhne aus der Stirn. Sie schwitzte bereits heftig.

„Ich war dagegen", sagte sie, die Lippen dabei dünn wie Regenwürmer.

Penny verstand nicht, was sie meinte.

„Ich war dagegen, dass du heute hier allein arbeiten sollst."

„Soll ich das?" Die Neuigkeit überraschte Penny sehr.

„Der Direktor hat so entschieden. Die Pflegerin der Brillenbären ist nämlich krank und ich soll dort aushelfen. Ich habe dort früher gearbeitet, und im neuen Gehege läuft noch nicht alles so, wie es soll."

Penny atmete tief durch und war mit einem Schlag hellwach. „Ich werde das hier schon schaffen. So viel ist doch nicht zu tun, oder?"

„Da täuschst du dich. Ihr Praktikanten denkt immer, dass wir Pfleger eine ruhige Kugel schieben, doch das stimmt nicht."

Auf Vorträge dieser Art hatte Penny an diesem Morgen wenig Lust.

„Kannst du mir bitte genau zeigen, was ich tun soll?“, verlangte sie und ließ Regina an ihrem Tonfall spüren, dass sie die vorigen Bemerkungen nur langweilig fand.

Regina ging voraus in das Koalahaus und wies Penny in die wichtigsten Tätigkeiten ein. Zum Abschluss meinte sie: „Frank kommt erst am Nachmittag. Er ist krank. Scheint etwas Verdorbenes gegessen zu haben. Tu nichts, wenn du nur den leisesten Zweifel hast. Koalas sind sehr empfindlich.“

„Ich bin schon mit ganz anderen Tieren fertig geworden“, sagte Penny erbost. Regina sah sie dünnlippig an. Sie beugte sich vor und sagte so leise, dass nur Penny es hören konnte. „Ist ja klar, dass das Liebchen des Chef-Sohnes die süßesten Trauben bekommt. Hast dich wohl nur deshalb an ihn rangeworfen, was?“

Verwirrt schüttelte Penny den Kopf. „Wie bitte?“

„Tu nicht so unschuldig. Das nimmt dir keiner ab. Hier im Zoo schon gar nicht. Wir wissen alle, was für eine du bist.“ Regina wischte sich mit dem Unterarm über die Oberlippe, auf der sich kleine Schweißperlen gebildet hatten. Danach drehte sie sich um und stapfte davon.

Was hatte Regina da gerade gesagt? „Das Liebchen des Chef-Sohnes?“ Bedeutete das, dass Marlon der Sohn der Friedmanns war? Wieso hatte er ihr das verschwiegen?

Auf einmal fühlte sich Penny noch schlechter als am Morgen. Ihre Augen brannten vor Müdigkeit und Zorn. Was hatte sie da nur angerichtet? In welchen Schlamassel hatte sie sich da selbst katapultiert? Sie traute Regina sofort zu, unter allen Pflegern zu verbreiten, welche Meinung sie von Penny hatte. Solcher Tratsch war wie Gift. Penny sah sich schon von den anderen aus dem Zoo geekelt.

„Nein, nicht mit mir“, sagte sie streng zu sich selbst. „Ich lasse mich nicht fertig machen. Darauf könnt ihr euch verlassen.“

Außerdem hatte sie eine Aufgabe zu erfüllen und wollte diese gewissenhaft machen. Wenn sie nur nicht so müde wäre! Am liebsten hätte sie sich in eine Ecke gekauert und eine Stunde geschlafen. Dreimal hintereinander musste sie herzhaft gähnen. Danach trat sie an das Spülbecken, drehte das kalte Wasser auf, ließ es so lange rinnen, bis es wirklich eisig war, und spritzte es sich ins Gesicht. Ein wenig erfrischte es.

An die Arbeit!, befahl sie sich selbst. Als Erstes musste sie vom Boden die kleinen schwarzen Knüttel aufheben, die die Koalas hatten fallen lassen. Sie mussten gezählt und gewogen werden, um zu kontrollieren, ob die Tiere auch genug fraßen.

Penny öffnete behutsam die Metalltür zu Natus Gehege. Auf Zehenspitzen schlich sie hinein, um ihn nicht zu wecken. Er hockte in derselben Astgabel wie am Vortag und machte einen zufriedenen Eindruck. Seine Augen waren geschlossen und sein pelziges Gesicht mit der großen schwarzen Nase strahlte Zufriedenheit aus.

Neben dem Stamm fand Penny den trockenen, harten Kot und schob ihn in eine kleine Plastiktüte. Bei Sin Lu tat sie das Gleiche. Als sie das Gehege des Koalaweibchens verließ, hatte sie das Gefühl, von jemandem beobachtet zu werden. Sie verharrte in der Bewegung und drehte den Kopf mit einem schnellen Ruck zurück.

Durch die Glasscheibe sah sie auf den Gang hinaus, durch den sich tagsüber die Besucher bewegten.

„Ich muss mich getäuscht haben“, dachte Penny und schob es auf ihre Übermüdung. So etwas durfte ihr nie wieder passieren. Sie war noch immer wütend auf sich selbst.

Sie legte die Säckchen mit dem Kot auf eine Waage und trug die Werte in eine Liste ein. Das Gewicht war sehr unterschiedlich, und auf einmal kamen ihr Zweifel, ob sie die Säckchen nicht vertauscht hatte. Penny spürte, wie ihr der Schweiß aus allen Poren trat. Was war heute nur los mit ihr?

Sie befand sich in einem kleinen Raum, in dem eine feine Waage stand, an der sie gerade arbeitete, und daneben eine Waage, wie sie zum Wiegen von Babys verwendet wurde. Hinter sich, am Ende des Arbeitsganges, glaubte sie ein Klicken zu hören. Es war das Geräusch einer Tür, die jemand sachte zuzog, um keinen Laut zu erzeugen.

Ihr Herz pochte heftig gegen den Brustkorb. Sie sprang in den Gang, der wie erwartet leer war. Mit einigen großen Schritten war sie an der Tür, die ins Freie führte, und riss sie auf. Draußen empfing sie gleißendes Sonnenlicht und das fröhliche Zwitschern der Vögel. In der Ferne schrien exotische Vögel. Eine Raubkatze brüllte.

„Du spinnst langsam. Du spinnst, total!“, schimpfte Penny mit sich selbst. Ihre Knie waren weich und ihre Hände feucht. Sie hatte das Gefühl, alles falsch zu machen. Sie musste als Nächstes die Koalas selbst abwiegen, traute sich aber nicht mehr in die Gehege.

Es waren nicht die Tiere, die ihr Angst machten, sondern die Sorge, welche Fehler ihr unterlaufen konnten. Wenn sie ein Tier fallen ließ, würde es das nicht überleben. Am liebsten wäre sie zu Regina gegangen und hätte sie gebeten, die Arbeit zu übernehmen. Diesen Triumph wollte sie der Pflegerin aber auch nicht gönnen.

Mehrmals atmete Penny durch, straffte die Schultern und betrat dann Sin Lus Gehege. Das Koalaweibchen war wach und zupfte gerade das letzte Blatt von einem Eukalyptusast. Penny wartete, bis Sin Lu gekaut und geschluckt hatte, und nahm sie dann behutsam vom Ast. Mit einem zufriedenen Schnaufen legte Sin Lu den Kopf an Pennys Brust.

Behutsam trug Penny das Tier in den Wiegeraum und legte es in die glänzende Halbschale. Sofort trug sie in eine Liste ein, was sie von der Anzeige ablas. Sin Lus Gewicht hatte sich nicht verändert. Penny hoffte, dass das ein gutes Zeichen war.

Nachdem sie das Weibchen zurück auf den Ast gesetzt hatte, überkam sie die Angst, dass der Koala dort nicht mehr sitzen wollte. Die Sorge war allerdings unbegründet. Sin Lu rückte das Hinterteil ein paarmal hin und her und richtete sich wieder gemütlich ein.

Das Wiegen von Natu verlief ebenso problemlos.

Langsam gewann Penny wieder Selbstvertrauen. Als letzte Aufgabe musste sie frische Eukalyptuszweige in die Vasen stecken. Die beiden Koalas hatten fast alle Blätter in ihrer Reichweite bereits aufgefuttert.

Erst jetzt verstand Penny, wieso es im Haus der Koalas so überaus frisch und angenehm duftete. Sie hatte die ganze Zeit überlegt, woran sie der Geruch erinnerte. Es war der Duft von Hustenbonbons, die bekanntlich das Öl des Eukalyptus enthielten. Schmunzelnd betrat sie das Kühlhaus, aus dem ihr eine Welle eisiger Luft entgegenschlug.

Vor ihr, auf einem langen Tisch, lagen fünf Bündel von Eukalyptus. Unter jedes war ein Zettel gesteckt, auf den in schlampiger Handschrift ein Name geschrieben stand. Penny bemühte sich, die Schrift zu entziffern, und glaubte sogar, recht erfolgreich zu sein. Trotzdem wusste sie nicht genau, welche Eukalyptusart die Koalas nun bekommen sollten. Es gab zwei Namen, die ihr beide sehr vertraut vorkamen. Vergeblich grübelte sie nach der richtigen Bezeichnung. Die Blätter sahen für sie ziemlich gleich aus. Eine Eukalyptusart wirkte etwas saftiger und grüner.

Auf einmal war Penny sicher, es mit dem richtigen Eukalyptus zu tun zu haben. Sie nahm das Bündel und verließ damit das Kühlhaus. Wie von Regina angewiesen, musste sich der Eukalyptus draußen ein wenig erwärmen. Erst wenn er Zimmertemperatur hatte, durfte er zu den Koalas gebracht werden.

Es war bereits zehn Uhr, als Penny begann, die Stämmchen in die dünnen Vasen zu stecken. Zu ihrer Verwunderung wurde sie dabei nicht von Zoobesuchern beobachtet.

Das Koalahäuschen ist ja noch gar nicht eröffnet, fiel ihr ein. Sie gähnte herzhaft. Natu, neben dem sie stand, öffnete ein Auge und gähnte auch.

„Hallo, Kollege, ich beneide dich“, sagte Penny lächelnd.

Der Unbekannte war zufrieden. Der nächste Teil seines Racheplans war bereits umgesetzt. Die Koalas würden bereits am folgenden Tag tot sein. In den Händen hielt er jetzt ein Narkosegewehr, das er für sein nächstes Vorhaben benötigte. Darauf würde er unter Umständen lange warten müssen. Doch er war gerüstet. In einer Tasche trug er mehrere Müsliriegel und eine Flasche Mineralwasser bei sich. Es war ihm gelungen, beim Elefantenhaus ein großes Rohr aufzuspüren, durch das eigentlich Wasser aus einem Quellhaus geleitet werden sollte. Das Rohr war überdimensioniert und ziemlich dick. Er konnte bequem hindurchkriechen. Im Elefantenhaus war es nur durch ein paar Bretter verschlossen. Sie boten ihm Deckung, wenn er dahinter lag. Den Lauf des Gewehres aber konnte er durchstecken. Er hatte nicht vor, die trächtige Elefantenkuh zu betäuben. Ganz im Gegenteil. Die Ampulle, mit der er das Gewehr geladen hatte, enthielt ein Mittel, das dem Elefanten große innere Schmerzen zufügen und ihn wild machen würde. Nach der Geburt konnte ein solcher Anfall für das Jungtier nur tödlich enden.

Der Hass des Unbekannten war grenzenlos.

Große Verantwortung

Die Koalas waren versorgt und Penny stand unschlüssig im Arbeitsgang hinter den Gehegen. Was sollte sie jetzt noch machen? Die Aufträge, die Regina ihr gegeben hatte, waren alle erfüllt.

Ein ungutes Gefühl breitete sich langsam in Penny aus, ein Gefühl, das Angst machte. Penny fühlte sich bedroht, konnte aber nicht sagen, wie diese Bedrohung aussah, woher sie kam oder welches Ziel sie hatte. Es war wie damals auf dem Waldweg mit Elvis, als sie sich zuerst so besonders gut gefühlt hatte. Damals war auch dieses Gefühl aufgetaucht und es hatte Recht behalten. Es war nicht so schön zwischen Elvis und Penny geblieben. Ganz im Gegenteil. So schlimm hatten sie sich schon sehr, sehr lange nicht mehr verkracht. Tief in Penny meldete sich eine bösartige Stimme, die ihr sagte, dass die Kluft zwischen den beiden nie wieder überwunden werden konnte.

Um sich abzulenken und auf andere Gedanken zu bringen, steckte Penny den Kopf in die Gehege der Koalas. Es hatte sich nichts verändert. Beide hockten in ihren Astgabeln und dösten vor sich hin.

Ein lautes Knacken hinter ihr ließ Penny herumfahren. Erschrocken sog sie die Luft ein. Ihr Herz pochte wild und die Schläge dröhnten in ihren Ohren.

„Verzeih, Penny, ich wollte dich nicht so erschrecken." Direktor Friedmann betrat das Koalahaus und sah sich mit zufriedenem Nicken um. „Bist du gut zurechtgekommen? Regina hat dir bestimmt alles erklärt, sie ist eine besonders gewissenhafte Pflegerin."

„Ich hoffe, ich habe alles richtig gemacht."

Der Direktor sah sie verwundert an. „Warum nicht?"

„Nur so. Weil ... weil ich ... ach, ich weiß nicht."

„Ist etwas? Bitte, sag es, die Koalas sind sehr, sehr empfindliche Tiere, und es wäre eine Katastrophe, wenn durch unser Verschulden eines der Tiere krank würde."

„Nein, nein, bestimmt nicht", versicherte Penny heftig. Sie war fast gekränkt, dass der Direktor sein Vertrauen in sie so schnell verlor.

„Schon gut!" Versöhnlich legte er ihr eine Hand auf die Schulter. „Du weißt, dass ich etwas getan habe, das ich eigentlich nicht hätte tun dürfen."

Was er damit ausdrücken wollte, verstand Penny zuerst nicht.

„Keinem anderen Praktikanten hätte ich die Pflege der Koalas überlassen. Du hast dich aber schon in den ersten Tagen sehr geschickt angestellt, und vor allem Alma hat nur in den höchsten Tönen von dir gesprochen."

Weil Penny nicht wusste, was sie sagen sollte, blickte sie auf die Spitzen ihrer schmutzigen Sportschuhe.

„Mach bitte alles genau so, wie Regina es dir sagt", ermahnte der Direktor sie. „Sonst bekommen wir große Schwierigkeiten – ich vor allem."

Penny nickte heftig. In ihr bohrte das ungute Gefühl weiter. Irgendetwas hatte sie falsch gemacht. Vielleicht irrte sie sich aber auch. Sie würde noch einmal alles kontrollieren und vorerst nichts sagen.

„Meine Frau lässt fragen, ob du heute Mittag bei uns isst. Unser Sohn hat Ferien und ist auch da."

Erschrocken sah Penny auf. Es war nicht die Einladung, die sie erschreckte, sondern die Stimme des Direktors. In ihrer Grübelei hatte sie ihn völlig vergessen.

„Ihr Sohn? Heißt er Marlon?", platzte sie heraus.

Direktor Friedmann nickte. „Woher weißt du das? Kennst du ihn schon?"

„Nein, nein", stritt Penny schnell ab. „Ich habe nur von ihm gehört. Und heute Mittag ... danke nein, ich bin schon verabredet mit ... mit Alma."

Argwöhnisch zog der Direktor die Stirn kraus. „Mit Alma? Zum Mittagessen?"

„Äh ... ja", stammelte Penny und spürte, wie sie knallrot anlief.

„Alma hat Dienst und darf das Elefantenhaus nicht verlassen. Die Geburt kann jeden Augenblick beginnen, und leider sind zwei Pfleger krank. Deshalb ist es jetzt eng."

„Ich leiste ihr Gesellschaft", sagte Penny schnell.

„Schade, meine Frau wird sehr enttäuscht sein und Marlon auch. Er langweilt sich ziemlich. Übernächste Woche fährt er nach England, bis dahin aber wollen wir ihn bei uns haben. Das ganze Jahr über lebt er in einem Internat."

„Aha", sagte Penny matt. Sie spürte den musternden Blick des Direktors und sah zu Boden.

„Irgendwie kommst du mir heute anders vor", sagte Herr Friedmann nachdenklich. „Du wirst doch nicht auch krank werden. Die Sommergrippe wütet schlimm unter unseren Pflegern."

„Geht schon, mir geht es ausgezeichnet", beeilte sich Penny zu versichern.

Herr Friedmann ging, Penny spürte aber, dass sie ihn nicht überzeugt hatte. Nachdem er die Tür hinter sich geschlossen hatte, lehnte sie sich innen dagegen und atmete tief durch.

Damit war klar, was Regina gemeint hatte. Marlon war der Sohn der Friedmanns, und Regina oder andere Pfleger mussten Penny mit ihm gesehen haben.

Na und? Das ist nicht verboten, dachte sie. Regina war einfach sauer, weil Penny die Koalas versorgen durfte. Bestimmt war die Arbeit bei den Nasenaffen viel schwieriger und es wurde dort jemand mit Erfahrung gebraucht. Das Wiegen der Koalas, das Aufsammeln des Kotes und das Stecken der frischen Eukalyptusblätter konnte aushilfsweise sogar ein Neuling wie Penny schaffen.

Noch einmal sah sie nach den Koalas, die nach wie vor dösten. Die frischen Eukalyptuszweige wirkten saftig, doch schienen die Koalas noch nicht von den Blättern gekostet zu haben.

Da sie einfach nichts mehr zu tun hatte, verließ Penny das Koalahaus. An einem Kiosk, von denen es im Zoo mehrere gab, kaufte sie zwei große Brezeln mit Nüssen und ging damit zum Elefantenhaus. Im Freigehege war nur der Bulle unterwegs. An der Glastür zum Besucherbereich des Elefantenhauses hing ein Schild mit der Aufschrift *geschlossen*. Penny suchte die Tür an der Hinterseite, durch die sie das Haus am ersten Tag betreten hatte. Es gab weder eine Klinke noch eine Klingel. Der Knauf ließ sich auch nicht drehen. Die Tür war abgeschlossen. Penny klopfte mit der Faust dagegen. Sie musste das Klopfen einige Male wiederholen, bis Alma ihr öffnete.

„Schön, dass du kommst", grüßte sie Penny mit einem schwachen Lächeln.

Penny schob sich an ihr vorbei und ihre Augen mussten sich erst einmal an das Halbdunkel im Elefantenhaus gewöhnen.

„Es deutet alles darauf hin, dass Lola ihr Junges bald bekommt, doch es passiert nichts", erzählte Alma zwischen zwei tiefen Seufzern. Sie führte Penny zu einer geräumigen Koje, die dick mit Stroh ausgelegt war. Durch eine dicke Glasscheibe konnte man einen Blick auf die Elefantenkuh werfen.

„Wo sind die anderen beiden?", fragte Penny.

„Nebenan. Wir müssen sie wegsperren. Wenn das Junge kommt, muss zuerst einmal Lola es annehmen. Danach können wir die anderen daran gewöhnen."

„Was sagt denn der Tierarzt, wann es so weit sein wird?"

Alma hob die Schultern. „Er kann es auch nicht genau sagen. In einer Stunde kommt er wieder. Er war heute schon dreimal da." Die Pflegerin streckte sich und ließ die Fingerknöchel knacken. „Ich brauche eine kalte Dusche, sonst überstehe ich das hier nicht. Penny, kannst du mich eine viertel Stunde vertreten?"

„Ich weiß nicht …"

„Du brauchst nichts anderes zu tun, als Lola zu beobachten. Sobald es Anzeichen für die Geburt gibt, rufst du in der Direktion an und benachrichtigst den Tierarzt. Ich schreibe dir die Nummern auf."

Bevor Penny ablehnen konnte, hatte Alma schon die Nummern auf einen Zettel gekritzelt. „Es wird nicht geschehen. Nur im unwahrscheinlichen Fall, dass …“ Sie bedankte sich mit einem müden Lächeln für die Vertretung und verschwand.

So stand Penny an der Glasscheibe und sah zu Lola hinein, die von einem Bein auf das andere trat.

Vom Hauptbereich, in dem sie die Elefanten am Montag zum ersten Mal gesehen hatte, kam ein klapperndes Geräusch. Es hörte sich an, als wäre etwas von hoch oben heruntergefallen. Penny überlegte kurz und ging dann nachsehen.

Auf dem asphaltierten Boden lag ein kurzes Brett. Die beiden anderen Elefanten standen jeweils am linken und rechten Ende der Fläche. Sie schienen erschrocken zu sein. Penny ließ ihre Blicke von dem Brett langsam nach oben wandern. Es konnte nur von dort gekommen sein.

In ungefähr zweieinhalb Meter Höhe befand sich eine Öffnung in der Betonwand. Sie war mit mehreren Brettern verschlossen. Eines hatte sich gelöst und einen schmalen Schlitz hinterlassen.

Aus dem Brett, das auf dem Boden lag, ragte ein langer, spitzer Nagel. Er musste sehr schlecht eingeschlagen gewesen sein, sonst hätte sich das Brett niemals von allein lösen können. Da Gefahr bestand, dass einer der Elefanten auf den Nagel treten und sich verletzen konnte, beschloss Penny, das Brett aus dem Gehege zu holen.

Genau wie bei den meisten anderen Anlagen gab es im hinteren Teil des Elefantenhauses einen Gang, durch den die Pfleger in alle Bereiche gelangen konnten. Penny suchte die Tür zur Hauptanlage und öffnete sie.

Die Elefanten wirkten unruhig. Sie schlenkerten mit den Rüsseln und den großen Ohren und versuchten, sich möglichst weit von der Stelle entfernt zu halten, an der das Brett aufgetroffen war.

Nachdem Penny die beiden ein paar Minuten beobachtet hatte, betrat sie mit ruhigen Schritten das Gehege und steuerte auf das Brett zu. Als sie sich danach bückte, hörte sie über sich ein kurzes Schaben, das die Elefanten heftig erschreckte. Eine der beiden Elefantenkühe verließ ihre Ecke und rannte an Penny vorbei zu der anderen.

Langsam erhob sich Penny und blickte zu der vernagelten Wandöffnung hoch. Liefen dort oben Ratten? Sie sah sich suchend um und entdeckte einen alten Traktorreifen, der den Elefanten sonst als Spielzeug diente. Nachdem es ihr gelungen war, den schweren Reifen aufzustellen, rollte sie ihn unter die Öffnung, stieg darauf und konnte nun zwischen den Brettern durchspähen. Das wenige Licht, das durch die Ritzen fiel, drang nicht weit in das Rohr vor.

Doch sie hörte etwas. Es war wieder dieses kurze Schaben.

„Kriecht da etwa jemand durch das Rohr?", murmelte Penny verwundert. Aber warum sollte jemand das tun?

Ein dumpfer Aufprall im Gehege von Lola ließ sie auffahren, vom Reifen springen und zu der Glasscheibe zurückeilen.

Der Unbekannte ärgerte sich. So gründlich und genau hatte er alles geplant, und nun war die Elefantenkuh in einem anderen Bereich untergebracht worden. Von dem Rohr aus konnte er dort nicht hineinschießen.

Das mit dem Brett war ein unangenehmer Zwischenfall. Beim Aufstützen des Gewehrlaufes hatte es sich gelöst. Einen Augenblick lang hatte es für ihn ausgesehen, als würden die Elefanten näher kommen und vielleicht noch die restlichen Bretter wegreißen. Dann aber hatten sich die feigen Dickhäuter verzogen.

Er musste auf einem anderen Weg ins Elefantenhaus und seinen Schuss auf Lola abgeben. Die Patrone, die er verwenden wollte, war sehr dünn. Die Nadel würde zwar die dicke Haut des Elefanten durchdringen und das Mittel in sein Blut spritzen, danach aber abfallen und bestimmt zertrampelt werden. Die Hoffnung des Unbekannten bestand darin, dass niemand sie fand und die Tötung des Jungtieres durch die Mutter als Unfall angesehen würde. Der Unbekannte wusste, dass dieser Unfall für den Zoo eine Katastrophe darstellen würde.

Im Augenblick war tatsächlich nur dieses Mädchen in der Anlage. Sollte er die Gelegenheit ausnützen um hineinzukommen? Allerdings durfte sie ihn nicht bemerken. Keiner durfte wissen, dass er hinter den Unglücksfällen steckte. Der Unbekannte hatte viel Zeit und Mühe auf die Vorbereitung verwendet. Erstens verspürte er keine Lust, entdeckt und angezeigt zu werden, und zweitens musste die Schuld ausschließlich beim Direktor des Zoos gesucht werden.

Dickhäutergeburt

Penny stand vor der hohen Glasscheibe, die in eine unregelmäßige Öffnung eingepasst war. Die Öffnung war einem echten Felsdurchbruch nachempfunden. Sie hatte die Hände vor das Gesicht geschlagen und konnte nicht glauben, was sie sah. Natürlich wusste sie, dass sie sofort Direktor Friedmann und den Tierarzt verständigen musste. Das Wunder, das sie gerade erlebte, machte sie aber handlungsunfähig.

Im Stroh lag ein grauer mit Blut und Schleim verschmierter Berg. Das Elefantenjunge hatte eine harte Ankunft auf der Erde gehabt. Aus gut zwei Meter Höhe war es aus dem Körper der Mutter gefallen, die im Stehen geboren hatte.

Der kleine Elefant war etwa so groß wie Robin und unübersehbar ein Bulle. Penny konnte den Blick nicht von ihm wenden und erkannte jetzt auch den kleinen Rüssel und die vier Beine.

Noch immer kehrte die Elefantenmutter ihm das Hinterteil zu. Auf einmal riss sie den Rüssel in die Höhe und gab ein lautes Trompeten von sich. Sie begann sich zu drehen, die Hinterbeine gefährlich nahe an dem Neugeborenen.

„Oh nein, bitte nicht drauftreten“, flehte Penny. „Nicht!“

Die Augen immer auf Lola und das Junge gerichtet tastete sich Penny an der Wand entlang zum Telefon. Es war ein Apparat, der senkrecht an die Mauer geschraubt war. Pennys Finger zitterten heftig, als sie den Zettel mit den aufgeschrieben Nummern aus der Brusttasche der Latzhose zog und zu tippen begann.

Lola stand jetzt über dem Jungen, das zu strampeln begonnen hatte. Es unternahm Versuche, den Kopf zu heben und aufzustehen. Die kleinen Beine knickten aber immer wieder ein.

Nur ein falscher Schritt von Lola und der Kleine würde zerquetscht werden.

Aus dem Telefonhörer kam das Freizeichen. Es klingelte und klingelte, doch niemand hob in der Direktion ab. Penny drückte die Gabel und versuchte die Handynummer des Tierarztes. Eine Tonbandstimme erklärte, dass es unter dieser Nummer zur Zeit keine Verbindung gäbe.

Lola drehte sich weiter. Am Rucken ihrer Ohren und dem Schwingen des Rüssels war ihre Unruhe zu erkennen. Ihr rechter Vorderfuß schwebte über dem Kleinen.

„Nicht!“, flehte Penny halblaut.

Lola senkte das Bein. Sie wollte auftreten und schien gar nicht zu bemerken, was dort im Stroh lag.

Der neugeborene Elefant warf sich energisch auf die Brust und reckte den Kopf. Sein Rüssel schien unter den eigenen Beinen eingeklemmt.

Noch immer hielt Penny den Hörer in der Hand und starrte zu den Elefanten, als könnte sie so das große Unglück verhindern. Noch immer hatte Lola das Bein gehoben, als überlegte sie, ob sie es auf das Hindernis vor sich setzen sollte oder nicht.

„Komm schon, du hast ein Junges. Das braucht

dich", sagte Penny halblaut. Sie ließ den Hörer einfach fallen, der an der Spiralschnur an der Wand pendelte, und lief zur Glasscheibe zurück. Noch nie hatte sie sich so machtlos gefühlt wie in diesem Augenblick.

Lola warf den Kopf in die Höhe und drehte den ganzen Körper schwungvoll von dem Kleinen weg. Mit Nachdruck stellte sie den Fuß ins Stroh, senkte den Kopf und betastete das Junge mit der Rüsselspitze.

Mittlerweile hatte es der drollige Kerl geschafft, mit den Hinterbeinen aufzustehen. Das schmale Hinterteil in die Höhe gereckt stand er da und schien nicht zu wissen, was er als Nächstes tun sollte. Schon verlor er das Gleichgewicht, kippte zur Seite und kullerte durch das Stroh.

Penny atmete erleichtert auf, weil ihr die erste Gefahr gebannt schien. Da sie sich keinen anderen Rat wusste, rannte sie zur Metalltür, riss sie auf und brüllte in die Mittagssonne hinaus: „Der Elefant ist geboren worden. Schnell, holt den Direktor und den Tierarzt und alle anderen. Das Junge ist da!"

Ob sie jemand gehört hatte, wusste sie nicht. Sie hatte auch keine Zeit darüber nachzudenken, weil sie sofort zur „Kinderstube" zurück wollte.

Der Kleine hatte es geschafft. Er stand nur wenige Minuten nach der Geburt zum ersten Mal auf den Beinen. Noch etwas unsicher und schwankend, aber er stand. Die winzigen schwarzen Augen tasteten die Umgebung ab. Der kleine Rüssel baumelte schlaff herab, die Ohren schienen viel zu groß. Sie fielen nach vorn, als wären sie aus Papier und nicht unter der Kontrolle des Jungtiers.

Es kostete den Kleinen Überwindung, einen Vorderfuß zu heben und nach vorn zu setzen. Sein ganzer Körper schwankte dabei und drohte wieder umzufallen. Doch der kleine Elefant balancierte geschickt aus und machte den zweiten Schritt. Er schien hocherfreut über die Erkenntnis, dass er sich bewegte, und machte gleich weiter. Auf einmal fiel er in einen trippelnden Gang und rannte direkt auf die dicke Glasscheibe zu, hinter der Penny stand.

„Bremsen, halt!“, rief sie warnend und streckte die Hände vor.

Mit voller Wucht prallte der Kleine dagegen. Er war bereits fast trocken, und Penny konnte aus der Nähe die vielen Haare sehen, die seinen Kopf und seinen Rücken überzogen.

Natürlich machte sie sich Sorgen, dass dem Babyelefanten etwas passiert war. Der Kleine aber kämpfte sich sofort wieder in die Höhe, schüttelte den Kopf, als müsse er die unangenehme Erfahrung loswerden, und trabte zu seiner Mutter zurück. Lola stand da und musterte ihn ein wenig zweifelnd. Noch immer schien sie nicht zu wissen, was sie mit dem Jungen anfangen sollte.

Der Kleine drängte sich unter ihren Bauch, streckte den Kopf in die Höhe, schnappte nach der langen Zitze und begann hungrig Milch zu saugen.

Penny schien es, als halte Lola besonders still und atme sogar nur flach. Da das Gehege, in dem sich Mutter und Baby befanden, nur halb hohe Mauern besaß und nach oben offen war, konnte Penny das Schmatzen des Kleinen hören.

Verstohlen wischte sie sich über die Augen. Vor Rührung waren ihr Tränen gekommen.

Hinter ihr waren Schritte zu hören. Endlich kam jemand vom Zoo. Penny drehte sich um und sah im gleißenden Rechteck der Türöffnung jemanden stehen.

„Hallo? Wer ist da?“, rief sie.

Die Gestalt hielt eine Stange in der Hand.

„Wer sind Sie?“, wiederholte Penny.

Der Unbekannte drehte sich mit einem Ruck um und ergriff die Flucht. Penny folgte ihm nur aus einer Ahnung heraus. War es ein Tiergartenbesucher, den ihr Rufen angelockt hatte? Sie stürmte ins Freie und schloss geblendet die Augen. Vorsichtig blinzelte sie durch die Wimpern und sah sich suchend nach dem Unbekannten um. Sie blickte den Weg hinunter in die Richtung, in die er gelaufen war, sah aber niemanden. Nach kurzem Zögern rannte sie los.

Der Weg machte zwei sanfte Biegungen. Hinter jeder vermutete sie den Unbekannten. Jedes Mal wurde sie enttäuscht. Es war niemand zu sehen. Schließlich mündete der Weg in einen Kreuzungspunkt verschiedener Wege, die zu Gehegen des Zoos führten. Penny sah eine Familie mit mehreren kleinen Kindern, die alle in eine andere Richtung wollten, zwei ältere Leute, die die Wegweiser studierten, und ein Liebespaar, das sich gerade leidenschaftlich küsste.

„Und wenn der Typ zurück und ins Elefantenhaus ist?“, schoss es Penny durch den Kopf. Sie drehte um und rannte zurück. Mit jedem Schritt schlug ihr Herz schneller. Ihre Müdigkeit war verflogen. Angst um den kleinen Elefanten wühlte in ihrem Bauch.

Die Tür ins Elefantenhaus stand noch immer offen. Penny stolperte ins Halbdunkel und prallte gegen jemanden, den sie nicht bemerkte hatte. Sofort schoss ihr der Schreck glühend heiß durch den ganzen Körper. Eine Hand packte sie hart am Oberarm.

„Was ist hier los?“

Aus dem Halbdunkel tauchten die Umrisse des Zoodirektors auf. Sein sonst so freundliches Gesicht war auf einmal angespannt und zornig. „Wieso steht die Tür weit offen? Warum ist niemand da? Was hast du hier zu suchen?“

„Das Elefantenbaby ist schon zur Welt gekommen. Ich habe versucht anzurufen, aber es hat keiner abgenommen.“ Penny spürte, dass Herr Friedmann ihr kein Wort glaubte. Unfreundlich stieß er sie zur Seite und lief so schnell, wie Penny es ihm mit seiner Körperfülle nicht zugetraut hätte, zu dem hohen Fenster. Beim Anblick des kleinen Elefanten wurde der böse Gesichtsausdruck zu einem glücklichen Lächeln.

Der kleine Graue saugte noch immer.

Hinter Penny, die über die Schulter des Tiergartendirektors sah, tauchten Alma und der Tierarzt auf. Alma entschuldigte sich viele Male. Nach dem Duschen hatte sie sich nur für ein paar Minuten hingesetzt und war vor Erschöpfung eingeschlafen. Der Tierarzt versicherte, dass für ihn – auf den ersten Blick und aus der Ferne – Mutter und Sohn wohlauf wirkten.

Penny, die alles miterlebt hatte, hätte gerne erzählt, traute sich aber nicht, etwas zu sagen. Sie fühlte sich auf einmal ausgeschlossen.

Der neugeborene Elefant hatte endlich seinen Hunger gestillt, taumelte zur Seite und ließ sich einfach ins Stroh plumpsen. Er kuschelte sich hinein, streckte die Beine von sich und schnaufte einmal tief durch. Das Letzte, was von ihm zu hören war, war ein zufriedenes lautes Rülpsen. Danach schlief er ein.

Direktor Friedmann, Alma und der Tierarzt lachten auf und beredeten die glückliche Ankunft des Kleinen. Keiner achtete auf Penny. Ihr fehlte der Mut, sich zu melden, und deshalb stahl sie sich aus dem Elefantenhaus. In ihr nagte das Gefühl, schon wieder etwas falsch gemacht zu haben. Dabei hatte sie bei der Geburt nun wirklich nichts getan. Es war gar nicht möglich gewesen.

Sie kehrte ins Koalahaus zurück, noch immer mit einem sehr unguten Gefühl im Bauch. Warum fühlte sie sich ständig so schuldig? War es die Müdigkeit?

Die beiden Koalas hockten an der gleichen Stelle, was nicht weiter verwunderlich war. Penny versuchte zu erkennen, ob sie in der Zwischenzeit gefressen hatten. Sie versuchte sich einzureden, dass Blätter abgezupft waren, obwohl sie Zweifel hatte. „Die zwei haben eben gerade die Schlafzeit“, versuchte sie sich zu beruhigen.

Weil nichts anderes zu tun war, schrubbte sie den Gang hinter den Koalagehegen, wischte die Waagen sauber und legte im Kühlhaus die Eukalyptuszweige zurecht. Ihr Blick fiel dabei auf die Schildchen mit den gekritzelten Namen.

Der Schreck raubte ihr fast den Atem. Auf einmal wusste sie, was sie falsch gemacht hatte. Sie hatte den Koalas Zweige gegeben, die sie vorerst noch gar nicht bekommen sollten. Regina hatte am Morgen auf sie eingeredet und ihr aufgezählt, welchen Eukalyptus die Koalas bekommen sollten und welchen nicht. Da sie einfach noch nicht richtig wach gewesen war, hatte Penny die Zweige verwechselt.

Ein Fehler, den sie sich nicht verzeihen konnte. Sie kämpfte mit sich selbst, einfach die Zweige auszutauschen und niemandem etwas zu sagen. Die Sorge um das Wohlbefinden der Koalas überwog aber. Sie musste mit Direktor Friedmann reden und ihm alles gestehen. Er würde bestimmt sehr enttäuscht sein und ihr die nächsten Wochen keine verantwortungsvollen Aufgaben mehr übertragen. Das hatte sie sich selbst zuzuschreiben.

„Und das alles nur, weil ich es Elvis heimzahlen wollte“, schimpfte sie leise vor sich hin. Ihr war zum Heulen und am liebsten hätte sie sich selbst eine Ohrfeige verpasst.

Ihr blieb nichts anderes übrig, als in die Direktion zu gehen und alles zu gestehen.

„Du blödes Ding“, dachte sie und verließ das Koalahaus.

In der Falle

Das Direktionsgebäude leuchtete im Schein der Nachmittagssonne. Penny fühlte sich, als würden ihre Beine mit jedem Schritt schwerer.

Ob Herr Friedmann sie nach Hause schicken würde? Ihre Eltern wären bestimmt besonders enttäuscht, wenn sie von ihrer Verantwortungslosigkeit erführen. Am schlimmsten aber war der Vorfall für Penny selbst. Sie konnte sich das nicht verzeihen. Natürlich hoffte sie, dass die Koalas noch nicht von den Zweigen gefressen hatten. Aber was würde geschehen, wenn sie es doch getan hatten? Sie hatte jetzt schon so oft gehört, wie empfindlich die Tiere reagierten.

Als sie nach der Messingklinke der grün gestrichenen Türe griff, wurde von innen geöffnet. Erschrocken machte Penny einen Schritt zurück. Sie stand Marlon gegenüber, der das Haus gerade verlassen wollte. Seine Überraschung war mindestens so groß wie ihre.

Nachdem Penny geschluckt hatte, brachte sie ein mattes Hallo heraus.

Marlon nickte ihr zu und wollte sich wortlos an ihr vorbeidrängen.

„Bitte, warte!“, bettelte Penny.

Ohne sich zu ihr umzudrehen, blieb Marlon stehen.

„Du hättest mir auch sagen können, dass du der Sohn von Herrn Friedmann bist“, warf sie ihm vor.

„Ich will, dass man mich mag, weil ich ich bin und nicht, weil ich der Sohn von jemandem bin.“ Das Verschmitzte war aus Marlons Gesicht verschwunden. Er wirkte niedergeschlagen und müde.

„Es ist so ... also ... ich meine ...“ Auf einmal war Penny nicht mehr nach Entschuldigung zumute. „Wieso bist du gestern so weggerannt?“, fragte sie anklagend. Marlon konnte doch nicht wissen, was mit ihr und Elvis los war. Sie hatte ihm kein Wort von Elvis erzählt. Marlon war nur wütend gewesen, weil sie ihm ihre Handynummer nicht sofort gegeben hatte.

„Weil ich nicht Elvis bin!“, lautete die überraschende Antwort.

Sie traf Penny wie ein Schlag. „Wieso ... woher weißt du?“, stotterte sie.

„Du hast mich mindestens sechsmal so angesprochen“, erwiderte Marlon mit einem geduldigen Lächeln. „Ich bin sicher kein Gripsbolzen, aber so dämlich auch nicht, um nicht zu kapieren, dass du nicht mit mir aus warst, sondern ständig an jemand anderen gedacht hast.“

„Echt? Das hast du gemerkt?“

„Ja. Habe ich.“

„Ziemlich feinfühlig“, sagte Penny und selbst in ihren Ohren klang es lahm.

„Was ist denn los mit diesem Elvis? Wieso hast du kein Wort gesagt, dass du einen Freund hast? Ich sollte wohl so ein kleiner Flirt sein, oder wie?“

Normalerweise hatten diese Probleme Mädchen mit Jungen. Umgekehrt hatte Penny es noch nie gehört. Aber leider hatte Marlon Recht. Jedes Wort, das er sagte, traf zu.

„Nein, ich wollte das nicht. Es tut mir Leid“, entschuldigte sie sich. „Bitte, vergiss es! Es ist nur … Elvis und ich … wir hatten Krach und …“ Penny schilderte ihm kurz, was geschehen war.

Marlon atmete tief durch. „Ich war bisher kein Heiliger und habe genau das Gleiche mit Mädchen gemacht“, gestand er. „Allerdings weiß ich jetzt, wie man sich fühlt, wenn man von jemandem benutzt wird.“

„Du … du warst wirklich sehr nett. Also …“ Penny fand einfach keine Worte mehr. Sie machte einen Schritt nach vorn, fasste Marlon an den Schultern, stellte sich auf die Zehenspitzen und küsste ihn auf die Wange.

Er lächelte treuherzig. „Tja, wenn es dich glücklich macht, ich bin nicht mehr sauer. Höchstens enttäuscht. Ich fand dich nämlich auch – nett.“ Er beugte sich vor und küsste sie auf den Mund. Überrascht starrte ihn Penny an.

„Macht dein Elvis das nicht? Dann solltest du vielleicht doch zu mir kommen.“

„Abend!“, grüßte jemand hinter den beiden. Die Bitterkeit im Tonfall ließ Penny zusammenzucken.

Das durfte nicht wahr sein! Hatte sich an diesem Tag alles gegen sie verschworen? Hinter ihr stand Elvis, die Hände tief in die Seitentaschen seiner Lederjacke gebohrt. Sein Gesicht war wie versteinert. Zurückgelehnt stand er da, die Nase in die Höhe gestreckt, als könne er auf diese Weise auf Penny und Marlon herabblicken.

Penny sagte einen Satz, der ihr schon beim Aussprechen platt und lahm vorkam. „Es ist ganz anders …“

„Das habe ich gesehen“, erwiderte Elvis steif.

Hilflos warf Penny die Arme in die Luft, ballte die Fäuste und machte eine Bewegung, als würde sie auf

Trommeln schlagen. Weil sie nicht mehr weiterwusste, ließ sie die Jungen einfach stehen und verschwand im Direktionsgebäude.

Herr Friedmann war nicht in seinem Büro. Seine Sekretärin versuchte ihn, nachdem Penny sie von der Dringlichkeit ihres Anliegens überzeugt hatte, über sein Handy zu erreichen, doch er hob nicht ab.

Als Penny das Haus verließ, waren weder Elvis noch Marlon zu sehen.

„Mädchen, du“, sagte jemand knapp neben ihr. Mit einem erschrockenen Laut fuhr Penny herum. Sie blickte in ein teigiges Gesicht, das zum Teil von einer Sonnenbrille mit dickem dunklem Rahmen verdeckt wurde. Das dunkelblonde Haar des Mannes erschien ihr eigenartig. Es war zu dicht. Außerdem konnte man keinen Haaransatz sehen. Trug er eine Perücke?

Der Mann fasste nach ihrer Schulter. „Dir gehört doch so ein kleiner schwarz-weißer Hund?“

Verwundert sah Penny den Mann an. Woher wusste er das?

„Es ist etwas Schreckliches geschehen.“

Milli! Was war mit Milli?

Der Mann deutete in eine Richtung und sagte gehetzt. „Der Kleine ist heute den halben Nachmittag durch den Tiergarten gelaufen. Er muss dich gesucht haben.“

„Wo ist Milli jetzt?“ Penny schrie fast. Sie spürte, dass die kleine Hündin in Gefahr war.

„Ich habe sie in einem Gehege gesehen. Bei den Eisbären.“

„Was?“ Penny hatte das Gefühl, keine Luft mehr zu

bekommen. Sie wollte umdrehen und zurück ins Direktionsbüro. Die Sekretärin wusste bestimmt, was zu tun war. Doch der Mann hielt sie zurück.

„Nicht, komm gleich mit! Bestimmt hört sie auf dich. Du kannst sie herauslocken. Schnell! Sonst ist es zu spät." Er zog sie unsanft mit sich. Penny leistete zuerst Widerstand. Aber die Angst um Milli war größer als der Zweifel.

Sie rannte los, der Mann dicht hinter ihr. Mit leichten Stößen dirigierte er sie über die Wege, die den Zoo wie ein Netz durchzogen. Als Penny einmal stehen bleiben wollte, weil sie Alma zu sehen geglaubt hatte, stieß sie der Mann weiter.

„Hier geht es doch nicht zur Eisbärenanlage", rief Penny über die Schulter, als sie auf einem Pfeil Pinguine abgebildet sah.

„Doch, doch, du wirst gleich sehen." Er führte sie zu einem bunkerartigen betonierten Abgang. Die grau gestrichene Metalltür stand einen Spaltbreit offen. Ein geknicktes Stück Pappkarton sorgte dafür, dass sie nicht ins Schloss fiel.

Es war keine Zeit, sich darüber zu wundern. Der Mann riss die Tür auf und stieß Penny in den neonerleuchteten Gang. Er drängte sie immer weiter zu einer Tür mit einer kleinen Glasluke. Bevor Penny noch einen Blick durch die Öffnung werfen konnte, hatte er den Sicherheitsriegel schon in die Höhe gezogen und gelöst und die Tür geöffnet.

Penny sah vor sich Felsen und hörte das Plätschern von Wasser. Fischgestank schlug ihr in die Nase. Als Nächstes spürte sie einen harten Schlag in den Rücken.

Sie stieß mit der Stirn gegen den Türstock, und ein stechender Schmerz bohrte sich in ihren Kopf. Für einen Augenblick tanzten große schwarze wabbelnde Punkte vor ihren Augen.

Ein zweiter Schlag ließ sie nach vorn taumeln. Hinter ihr knallte die Tür zu. Noch immer konnte Penny nicht richtig sehen. Sie kniff die Augen zusammen, riss sie wieder auf und versuchte, die schwarzen Flecken auf diese Weise zu vertreiben.

Das Plätschern wurde lauter. Penny zwang sich, die Augen so weit wie möglich zu öffnen, und sah in die Richtung, aus der das Geräusch kam.

Sie stand hinter einem künstlichen Felsen, der sie zur Hälfte verdeckte. Vor ihr erstreckte sich eine unebene Plattform, die in ein ausladendes Wasserbecken abfiel. Dahinter erhoben sich weitere Felsen, auf denen ein Eisbär unruhig auf und ab wanderte.

In dem blauen Wasser tummelte sich eine kleine weiße Gestalt. Ein Stück entfernt tauchte noch eine zweite auf. Obwohl Penny noch immer nicht alles erkennen konnte, wusste sie, dass es die beiden jungen Eisbären waren. Das Muttertier wachte hinter ihnen.

Milli war nirgendwo zu sehen.

Milli war gar nicht da.

Es war alles nur ein Trick gewesen. Jemand hatte Penny in das Eisbärengehege gelockt. Noch hatten die Eisbären sie nicht entdeckt, was an ein Wunder grenzte.

Der Felsen war zu klein, um sich dahinter zu verstecken, ganz egal wie schmal sich Penny auch machte. Es war also nur eine Frage der Zeit, bis die Tiere auf sie aufmerksam wurden.

Tödliche Gefahr

Mit angehaltenem Atem stand Penny da. Die Hand nach hinten gestreckt tastete sie nach der Tür. Sie musste sich doch öffnen lassen. Als sie das kühle Metall spürte, hörte sie gleichzeitig, wie der Verriegelungsbolzen wieder durch die Ösen geschoben wurde.

Die Zeit schien auf einmal mit halber Geschwindigkeit zu vergehen. Als Pennys Augen zu den kleinen Eisbären, dann zum Muttertier und wieder zurück zu den Jungen wanderten, hatte sie das Gefühl, mit jeder Bewegung ein zischendes Geräusch zu erzeugen.

So tief wie möglich in die Felsnische gepresst verharrte Penny. Der Schreck hatte ihre Gedanken wie eingefroren. Sie blickte an der senkrechten Betonwand hoch zu dem Geländer, an das sich die Besucher immer drängten.

Es war niemand zu sehen. An diesem Tag herrschte im Tiergarten wenig Betrieb. Wahrscheinlich war es zu heiß und die Leute gingen lieber baden.

Hilfe war also keine zu erwarten.

Ohne den Kopf zu drehen, nur mit den Augen tastete Penny die Umgebung ab. Sie war von künstlichen Felsen umgeben, die nicht so aussahen, als könnte Penny an ihnen hinaufklettern. Damit die Eisbären bestimmt nicht entkamen, waren die Felsen so arrangiert, dass jede Flucht unmöglich war.

Einer der Kleinen schwang sich aus dem Wasser. Tropfen perlten aus seinem hellen Fellkleid. Er schüttelte sich und war einen Moment von einer Wolke aus feinem Sprühregen umgeben. Danach trottete er zu seiner Mutter und schlug frech mit der Tatze nach ihr. Der Eisbär warf ihm einen warnenden Blick zu. Als der Kleine darauf erneut nach ihr schlug, versetzte sie ihm einen Hieb, der ihn wieder zurück ins Wasser beförderte.

Für einen Menschen wäre jeder dieser Schläge bereits tödlich gewesen.

Penny flehte, dass endlich ein Besucher kommen und sie entdecken würde.

Mittlerweile waren beide Jungtiere aus dem Wasser und begannen ihre Mutter zu necken. Alle drei Eisbären befanden sich in dem Teil des Geheges, der am weitesten von Penny entfernt war.

Noch.

Aber wie lange?

Wenn ich mich völlig ruhig verhalte, habe ich eine Chance, überlegte Penny.

Die Angst ließ ihre Beine fast einknicken, aber sie zwang sich, aufrecht zu stehen.

Am Geländer des Geheges schlenderte ein junges Pärchen vorbei, das heftig miteinander beschäftigt war. Sie warfen keinen Blick in das Eisbärengehege und zu winken wagte Penny nicht. Als die zwei wieder außer Sichtweite waren, traten Penny die Tränen in die Augen.

Eine sanfte Windböe fegte über das Gehege hinweg. Die Eisbärenmutter, die sich auf das Spiel der Kleinen eingelassen hatte, verharrte auf einmal und streckte die schwarze Nase in die Luft.

Witterte sie Penny?

Hinter Penny wurde die Tür geöffnet. Penny bemerkte es aber nicht, weil der Unbekannte leise vorging. In der Hand hielt er einen der Metalleimer, in dem die Pfleger die Fische zur Fütterung brachten. Mit Schwung warf er ihn in die Anlage. Laut klappernd landete der Eimer zwei Meter vor Penny und rollte unter Klimpern und Scheppern weiter. Erst als die Tür hinter ihr wieder zufiel, erkannte Penny, was gerade geschehen war.

Das Geräusch hatte alle drei Eisbären neugierig gemacht. Sie kannten es sehr gut, denn es bedeutete immer Futter. Die Kleinen sprangen übermütig ins Wasser und schwammen zum anderen Ufer. Das Muttertier nahm den Weg über die Felsen.

Jetzt war alles aus. Die Eisbären kamen direkt auf Penny zu. Diese spürte, wie die Panik vor dem, was ihr bevorstand, sie völlig lähmte. Wie versteinert stand sie da, die Augen vor Entsetzen geweitet, den Mund zu einem stummen Schrei geöffnet.

„Dort steht jemand", hörte sie eine Stimme sagen. Ihre Augen zuckten hoch zum Geländer.

Die beiden kleinen Eisbären hatten einen Fisch im Wasser entdeckt und stritten sich darum. Die Mutter ließ sich zu ihnen fallen. Tropfen spritzten hoch.

„Hol jemanden! Schnell!" Es war das Liebespaar, das zurückgekommen war. Das Mädchen konnte den Blick nicht von Penny wenden. Ihr Freund hatte die Hände vor das Gesicht geschlagen. Da er nicht loslief, gab das Mädchen einen ärgerlichen Laut von sich und rannte selbst.

Der Fisch war gefressen. Die Mutter hatte ihn den Jungen einfach weggenommen. Als einer der beiden ihn ihr noch aus dem Maul ziehen wollte, bekam er dafür einen Klaps.

Beleidigt schwang sich der kleine Eisbär an Land und wieder schüttelte er das Wasser in einer glitzernden Wolke aus dem Fell. Unter heftigem Wackeln des Hinterteils und mit tollpatschigen Schritten erklomm er die Felsen, die in kleinen Terrassen angelegt waren und direkt auf Penny zuführten.

Das Muttertier schwamm noch eine Runde auf dem Rücken.

Der zweite Kleine folgte dem ersten.

Der erste Eisbär hatte den Eimer erreicht und steckte die Schnauze hinein. Er roch den Fisch. Weil er von dem Duft nicht genug bekommen konnte, versuchte er, den Kopf noch tiefer hineinzubekommen, und schob den Eimer dabei über die raue Fläche. Das Geräusch, das der Eimer erzeugte, tat ihm wohl in den Ohren weh, denn er zog den Kopf energisch wieder heraus und fuhr sich mit der Pfote über ein Ohr.

Nun wollte auch die Eisbärenmutter sehen, was da los war. Mit großen Schritten kam sie ihren Jungen nach.

Penny hatte das Gefühl, ihr Herzschlag setze aus.

Die Eisbärin war höchstens noch fünf Meter von ihr entfernt. Sie wirkte auf einmal angespannt, alarmiert und sehr wachsam. Ihr Schritt verlangsamte sich. Sie war bereit sofort anzugreifen, wenn sich der Feind zeigte, den sie witterte.

Ob sie mich bemerkt, wenn ich mich nicht bewege?,

überlegte Penny panisch. Sie hatte einmal gehört, dass Eisbären sehr neugierig waren. Würde die Eisbärmutter nachsehen kommen, woher der Geruch kam, der ihr in die Nase stieg?

„He, he!“, hörte sie eine laute Stimme rufen. Die Rufe kamen von rechts, ungefähr von der Höhe, in der sich das Becken befand. Etwas klatschte ins Wasser. Pennys Augen zuckten zur Seite. Nur für den Bruchteil einer Sekunde.

Einer der Felsen, der sich wie ein Turm in der Mitte des Geheges erhob, schien hohl zu sein. Oben stand der Tierpfleger und schleuderte Fische ins Wasser.

Die Jungtiere trabten sofort los und warfen sich in das Becken, um die dicksten Brocken zu bekommen. Eine wilde Balgerei ging los.

Der Pfleger versuchte, auch die Eisbärenmutter abzulenken, doch diese drehte sich nicht einmal um, als die Fische hinter ihr aufklatschten. Sie setzte Pfote vor Pfote und ging geduckt auf Penny zu. Sie hatte sie gewittert. Ihr Schritt wurde immer schneller.

Hinter Penny quietschte die Tür. Penny aber konnte sich nicht mehr bewegen. Es war zu spät, die Eisbärenmutter zu nahe. Drehte sich Penny um, würde sie angefallen werden.

Etwas zischte auf. Es war ein heftiges Zischen, wie Penny es schon oft gehört hatte. Sie spürte Kälte am linken Arm. Kälte legte sich auch auf ihr Gesicht. Vor ihren Augen zog Nebel auf.

Von der Eisbärin kam ein unwilliges Knurren und das Geräusch eines harten Wasserstrahls, der ein Hindernis traf.

Dann war da eine Hand. Sie packte die starre Penny und zerrte sie nach hinten, während der Wasserstrahl den Eisbären zurückdrängte. Penny stolperte nach hinten, ließ alles willig mit sich geschehen, sah Türstock und Tür über und neben sich, als wäre alles aus den Fugen geraten, blinzelte auf einmal in eine Neonröhre, bemerkte kurz das Gesicht von Direktor Friedmann in ihrem Blickfeld und hörte, wie die Tür wieder zuschlug. Mit einem Faustschlag wurde der Rundbolzen durch die Ösen gestoßen.

Danach kippte Penny um. Alles Blut wich aus ihrem Kopf und sie verlor das Bewusstsein.

Pen

Noch immer sehr müde und schwach lag Penny am nächsten Tag in einem Liegestuhl im Hof von Onkel Morris. Milli hatte sich wie eine Katze in ihrem Schoß eingerollt, während Robin sich damit begnügte, ihr immer wieder den Kopf auf die Knie zu legen.

Nach dem Schock hatte der Arzt Penny strengste Ruhe verordnet.

Eine warme Hand legte sich auf Pennys Arm. Elvis beugte sich zu ihr herunter und lächelte. Er streichelte sanft mit zwei Fingern über ihre Wange.

„Geht es dir besser?“

„Ein bisschen.“

Elvis drückte ihren Arm ganz fest. „Bin ich froh.“

„Böse?“, fragte Penny. Ihre Stimme klang so dünn und weit entfernt, als würde sie gar nicht selbst sprechen.

„Du musst böse auf mich sein, so wie ich mich aufgeführt habe.“

Penny drehte den Kopf zu ihm.

„Aber Marlon ...“

„Netter Kerl. Ich war mit ihm was trinken. Er hat mich beruhigt, als ich völlig fertig war, als das mit dir und den Eisbären geschehen ist. Friedmann sagt, es grenzt an ein Wunder, dass sie dich lebend rausbekommen haben.“

„Ich habe ... ich war mit Marlon ...“ Penny musste es einfach loswerden.

„Weiß ich alles längst. Der Arme ist ziemlich fertig, weil du ihn ständig Elvis genannt hast.“ Elvis konnte sich ein Grinsen nicht verkneifen.

„Warum ... warst du so komisch?“, fragte Penny leise.

Elvis ließ sich mit der Antwort Zeit. Ein verlegenes Grinsen breitete sich in seinem Gesicht aus. „Männer sind auch nur Menschen.“ Er hatte sich auf den Boden neben den Liegestuhl gesetzt und lehnte den Kopf an Pennys Arm. „Ich war eifersüchtig für zehn. Und sauer war ich auch, weil du weg warst. Nicht einmal an meinen freien Tagen haben wir etwas gemeinsam unternehmen können. Und am Abend warst du auch fort.“

Penny streichelte ihm über den Kopf.

„Männer sind manchmal wie kleine Kinder“, stellte sie fest.

„Und Kinder brauchen Liebe“, ergänzte Elvis treuherzig.

Er drehte sich zu Penny, die ihn sanft anlächelte. Wie einer der beiden Hunde schmiegte Elvis den Kopf an ihren Arm, als wollte er damit ausdrücken: Sei wieder gut!

„Tut mir echt Leid. Ich habe da ... na ja ... durchgedreht.“

„Kein Pardon“, brummte Penny.

Erschrocken sah Elvis sie an. „Im Ernst?“

Ein kurzes Lachen kam von Penny. Sie schüttelte verneinend den Kopf.

Erleichtert ließ sich Elvis, der in die Höhe gefahren war, wieder niedersinken.

„Macho“, brummte Penny.

„Kerl!“, verbesserte sie Elvis. „Ein echter Kerl bin ich. Ein Prachtstück von einem Mann, der keinen Anspruch auf Perfektion erhebt.“

„Wäre auch schon fast kitschig“, spöttelte Penny.

Zwei Tage nach den schlimmen Vorfällen war Penny wieder auf den Beinen und nicht im Haus zu halten. Kolumbus, Onkel Morris und Elvis beschworen sie, noch einen Tag Ruhe zu geben, doch Penny war nicht zu überreden. Sie musste unbedingt in den Zoo.

Elvis war mit einem geborgten alten Wagen nach Bingenstadt gekommen und fuhr sie zum Tierpark. Am Hintereingang wurden sie schon von Direktor Friedmann erwartet. Er half Penny aus dem schäbigen Auto mit den unübersehbaren Rostflecken, als wäre es ein Rolls-Royce und Penny eine Gräfin.

„Mädchen, wie geht es dir?“, wollte er als Erstes wissen.

„Gut“, versicherte Penny, doch die Blässe in ihrem Gesicht sagte etwas anderes.

„Komm, es wollen dich jetzt viele sehen.“ Herr Friedmann bot ihr seine Hand an wie ein Kavalier der alten Schule und führte sie zum Elefantenhaus. Über das Handy kündigte er seinen Besuch an, und bevor er noch an das Metalltor klopfte, wurde es schon von innen geöffnet. Alma trat heraus und umarmte Penny herzlich.

„Mensch, Mädchen, was machst du für Sachen?“

„Na ja, das tu ich immer, wenn mir langweilig wird“, versuchte Penny einen Scherz.

Alma nahm sie an der Schulter und führte sie zu dem

abgetrennten Bereich, in dem Lola ihr Junges geboren hatte. Die Elefantenkuh stand drinnen und zupfte Heu aus einem Ballen. Sie stopfte es sich ins Maul und schlang es hinunter.

Der kleine Elefant versuchte es ihr nachzumachen, konnte aber noch nicht so geschickt mit dem Rüssel umgehen. Statt mit dem vordersten Ende zuzupacken, bildete sein Rüssel immer ein großes O, aus dem das Heu gleich wieder herausfiel.

„Ist der niedlich“, sagte Penny und legte eine Hand an die kühle Glasscheibe.

Die weichen wolligen Haare des Jungen standen vom Kopf weg. Das Fell zog sich über den ganzen Rücken bis zum Schwanz, der an einen Pinsel erinnerte.

„Komm!“ Alma schob sie weiter.

Aus den Augenwinkeln spürte Penny eine besorgte Reaktion des Zoodirektors. Alma gab ihm mit einem kurzen Kopfschütteln zu verstehen, dass alles unter Kontrolle war.

Durch eine glänzende Metalltür führte sie Penny in den Seitentrakt der Elefantenanlage. Lola unterbrach das Fressen für einen Augenblick und sah in Almas Richtung. Als sie die Pflegerin erkannte, fraß sie beruhigt weiter.

Neugierig trabte das Jungtier auf die Besucher zu.

Noch nie zuvor hatte Penny ein so niedliches Wesen gesehen.

Der Elefant hob den dünnen Rüssel und begann sie damit abzutasten. Die Härchen daran stachen wie Nadeln durch den Stoff von Pennys T-Shirt.

„Du kannst ihn streicheln, er mag das!“ Zum Beweis

trat Alma neben den Kleinen und tätschelte ihm den Kopf und die Ohren. Vor Wonne begann das Junge den Kopf an Alma zu reiben und gab dazu grunzende Laute von sich.

„Wir haben schon einen Namen für ihn", verriet die Pflegerin.

Penny, die jetzt mit dem Streicheln an der Reihe war, sah sie fragend an.

„Er wird Pen heißen."

„Pen? Du meinst Ben!"

Alma winkte ab. „Du hast richtig gehört. Pen. Wäre es ein Weibchen gewesen, hätten wir sie natürlich Penny benannt. Bei einem Jungen können wir nur abkürzen. Also Pen."

„Aber wieso nach mir?" Penny konnte sich noch gar nicht freuen. Immer noch war in ihr das Gefühl, vieles falsch gemacht zu haben.

„Erstens warst du bei der Geburt dabei und zweitens hast du den Mann vertrieben, der wollte, dass Lola ihr Junges zu Tode trampelt. Pen verdankt wahrscheinlich dir sein Leben."

Wie ein kleiner Steinbock stupste Pen Penny mit dem Kopf. Instinktiv stieß sie ihn zurück, was er besonders mochte, weshalb er sofort erneut mit dem Schubsen begann.

„Unser Chef erzählt dir das alles später. Ich sage auf jeden Fall danke für deinen Mut und dein beherztes Eingreifen."

Noch immer fassungslos spielte Penny mit dem kleinen Elefanten und spürte, wie ihr die Tränen kamen.

Nur schwer konnte sie sich von Pen trennen. Als der

Kleine aber unter den Bauch seiner Mutter lief und schmatzend Milch zu saugen begann, war es Zeit zu gehen.

Elvis und Herr Friedmann nahmen Penny wieder in Empfang und gingen weiter durch den Zoo. Seit die Meldung über die Geburt des Elefantenjungen durch alle Zeitungen, das Fernsehen und das Radio gegangen war, stürmten die Besucher den Tiergarten.

„Aber die Koalas … das falsche Futter … wie geht es ihnen?“, fragte Penny vorsichtig. Sie war aus ihrer Ohnmacht nach der Rettung aus dem Eisbärengehege schnell wieder erwacht, und ihre ersten Worte waren der Hinweis auf den falschen Eukalyptus gewesen.

„Das war ein Fehler, wenn auch kein schwerer“, sagte Herr Friedmann sachlich. „Die verschiedenen Sorten waren da, um auszuprobieren, welche Eukalyptusarten die Koalas annehmen und welche nicht. Wir selbst hätten noch einen Tag damit gewartet.“

Penny war sehr erleichtert über diese Antwort.

„Tatsache ist aber, dass die Verwechslung, die dir unterlaufen ist, den Koalas das Leben gerettet hat“, fuhr Friedmann fort.

„Was?“

„Der Verrückte, der schon die böse Geschichte über das angebliche Quälen der Elefanten in die Welt gesetzt hat, ist ins Koalahaus eingedrungen. Unbemerkt.“

Es war also tatsächlich jemand da gewesen. Penny hatte sich nicht getäuscht.

„Der Eukalyptus, der verfüttert werden sollte, war mit einem Insektengift besprüht, das die Koalas wahrscheinlich umgebracht hätte.“

Ungläubig schüttelte Penny den Kopf. „Wer macht so etwas?"

„Jemand, der mein Nachfolger werden wollte in dem Zoo, in dem ich früher Direktor war."

Diese Antwort kam mehr als überraschend. „Ehrlich? Das muss doch jemand sein, der Tiere gern hat."

Herr Friedmann lachte auf. „Ich war da nie so überzeugt. Jens – so heißt der Mann – war vor allem eines: ehrgeizig und verbissen. Ihm ging es immer um Geld und die höchste Position. Aus diesem Grund war ich auch dagegen, dass er mir nachfolgt. Jens hat das nicht verwunden und gekündigt. Danach sind seine Probleme losgegangen. Er war nur noch frustriert, hat zu trinken begonnen und keine neue Stelle gefunden. Seine Frau hat sich von ihm getrennt, und weil er den Fehler nicht bei sich suchen wollte, hat er mich für sein Scheitern verantwortlich gemacht."

Penny, der Direktor und Elvis hatten das Koalahaus erreicht. Es war noch nicht eröffnet, doch Herr Friedmann hatte natürlich einen Schlüssel. Sie betraten den Besucherbereich und Penny musste lächeln, als sie die beiden schlafenden Koalas sah.

Regina war gerade mit dem Aufheben der Knüttel beschäftigt und grüßte die drei. Penny winkte sie besonders freundlich zu.

„Jens ist mir gefolgt und hat es sich zur Aufgabe gemacht, mich schlecht zu machen", fuhr der Zoodirektor fort. „Erst wenn ich meinen Job hier verloren hätte, wäre er zufrieden gewesen."

„Das ist doch verrückt!" Penny konnte ein solches Verhalten einfach nicht fassen.

„Ja, das ist krank", stimmte Friedmann ihr zu. „Jens ist gestolpert, nachdem er dich im Eisbärengehege eingesperrt hat, und hat sich das Bein gebrochen. So ist die ganze Sache aufgeflogen. Er treibt sich schon seit längerer Zeit im Zoo herum. Verkleidet und mit Perücke, damit ich ihn nicht erkenne."

Der zweite Eingang des Koalahauses wurde geöffnet und Regina kam auf die drei Besucher zu. „Tag, na, wie geht's denn? Wieder halbwegs wohlauf, Penny?" Sie bemühte sich, besonders freundlich zu sein.

„Danke, es wird schon", erwiderte Penny. „Und Natu und Lin Su?"

„Die zwei sind in Ordnung! Übermorgen ist Eröffnung! Ich hätte da eine Frage." Regina warf einen Hilfe suchenden Blick zu Direktor Friedmann, der ihr ein Zeichen gab, weiterzureden. „Also ... du kennst Frank aus San Diego ... na ja ... er und ich ... also ... wir verstehen uns ganz gut." Regina bekam einen knallroten Kopf vor Verlegenheit. „Ich hätte gerne zwei Tage frei gehabt nach der Eröffnung und wollte dich fragen, ob du mich vertrittst. Du kennst dich aus und hast ja alles wirklich gut gemacht."

Das kam sehr überraschend. Zuerst wusste Penny nicht, was sie sagen sollte. Elvis versetzte ihr einen Ellbogenstoß, als sie zu lange schwieg und Regina bereits ein enttäuschtes Gesicht machte.

„Ja, gerne. Wenn ihr glaubt, dass ich das kann."

„Danke!" Regina griff nach ihrer Hand und schüttelte sie herzlich.

Beim Hinausgehen öffnete Penny den Mund, um zu sagen, dass sie diese Ehre und Verantwortung nicht verdiente. Der Zoodirektor schien zu ahnen, was sie sagen wollte, und kam ihr zuvor.

„Penny, Gewissenhaftigkeit und größte Achtsamkeit sind Grundlagen der Arbeit eines Tierpflegers. Vorsicht, ein Gefühl für die anvertrauten Tiere und eine große Liebe zu ihnen sind Voraussetzung. Du hast, wie ich in der vergangenen Woche miterlebt habe, alles. Diese Woche war für jeden von uns hier geprägt von Aufregungen, Extremsituationen und Zwischenfällen, wie sie zum Glück nicht jeden Tag vorkommen. Natürlich muss es uns gelingen, auch in solchen Momenten die Ruhe zu bewahren und Fehler zu vermeiden. Ich finde, wir alle waren schon recht gut. Und das schließt dich ein."

Als Penny abermals den Mund öffnete, ließ Friedmann sie nicht zu Wort kommen.

„Vorbei ist vorbei. Und heute Abend seid ihr alle herzlich bei uns eingeladen. Meine Frau sagt, deine Hunde fehlen ihr schon, und Marlon lässt dir ausrichten, dass er nicht beißt." Herr Friedmann verzog fragend das Gesicht. „Was das bedeuten soll, verstehe ich zwar nicht, aber der Junge gibt mir immer wieder Rätsel auf. Woher kennst du ihn eigentlich?"

„Aus dem Zoo. Wir haben uns vor dem Koalahaus getroffen. Zufällig."

„Dieser Schurke!", lachte Herr Friedmann. „Ich habe ihm verboten, im Tiergarten Mädchen anzuquatschen. Das weiß er genau."

Jetzt wurde Penny auch klar, wieso Marlon bei ihrem allerersten Zusammentreffen so eilig verschwunden war.

Der Direktor entschuldigte sich. Er hatte eine Besprechung und musste los.

Elvis legte Penny den Arm um die Schulter und schlenderte mit ihr in Richtung Auto.

„Übrigens“, Herr Friedmann war ihnen nachgekommen und hielt sie zurück, „die Liebe scheint auch bei den Koalas eingeschlagen zu haben. Das Männchen gibt schon Laute von sich, die ihr einmal hören müsstet, und es will gerne zum Weibchen. Wenn die zwei sich wirklich ‚verlieben‘, haben wir vielleicht schon nächstes Jahr Nachwuchs hier.“

„Verknallte Koalas“, murmelte Penny und grinste in sich hinein. Es war nichts so geblieben, wie es noch vor ein paar Wochen gewesen war, damals bei ihrem Spaziergang durch den Wald. Es war kurze Zeit viel schlimmer geworden. Aber selbst hinter den dicksten schwarzen Wolken scheint die Sonne, und irgendwann kommt sie wieder hervor. Manchmal muss man warten, aber es lohnt sich.

Thomas Brezina

gilt als der erfolgreichste Kinder- und Jugendbuchschriftsteller im deutschsprachigen Raum. Seit 1989 hat er mehr als 200 Bücher geschrieben, die in achtzehn Sprachen übersetzt wurden (u. a. in die chinesische, koreanische und russische Sprache).

Die Abenteuer- und Krimigeschichten von Thomas Brezina waren bereits die Grundlage für Musicals, TV-Serien, ein Theaterstück, eine Kinderzeitschrift und einen Kinofilm.

Seit 1993 ist er Ehrenbürger von Disneyland Paris.

Thomas Brezina wurde mit dem „Großen Österreichischen Jugendbuchpreis", dem „Goldenen Buch", der „Steirischen Lese-Eule" und anderen Preisen ausgezeichnet.

1996 wurde Thomas Brezina zum ersten UNICEF-Botschafter Österreichs ernannt.

Der Schriftsteller lebt in Wien und London.

Mehr über Thomas Brezina findest du im Internet:
www.thomasbrezina.com

PENNY
im Einsatz für Tiere

Band 1:	Was ist schon ein Hundeleben?
Band 2:	Sturmwind darf nicht sterben
Band 3:	Freiheit für Flipper II
Band 4:	Lasst den Bären leben!
Band 5:	Vorsicht Fallensteller
Band 6:	Rettet den Ponyhof!
Band 7:	Schluss mit Tierversuchen!
Band 8:	Ronny, das Robbenbaby
Band 9:	Ein Schwein zum Knutschen
Band 10:	Gefährlicher Frühling
Band 11:	Ein Pferd im Badezimmer
Band 12:	Drei Welpen und ein Baby
Band 13:	So ein Affenzirkus!
Band 14:	Falsche Freunde!
Band 15:	Eine Party für den Wal
Band 16:	Eine Katze namens Mozart
Band 17:	Das verschwundene Tagebuch
Band 18:	Eine coole Kuh
Band 19:	Mein Freund, der Wolf
Band 20:	Gorilla mit Geheimnis
Band 21:	Fohlen-Frühling
Band 22:	Brüder und andere Katastrophen
Band 23:	Vier ausgeflippte Pinguine
Band 24:	Löwenstarke Freundinnen
Band 25:	Hilfe, meine Familie spinnt!
Band 26:	Nachhilfe für Elefanten
Band 27:	Verknallte Koalas

Penny-Sonderband:

Ein Pferd fürs Leben

Der Lieblingssport meines großen
Bruders Kolumbus ist zurzeit Duschen,
wegen seiner Verabredung und so...
Ivan, unser Haushälter, ohne
den wir wahrscheinlich
verhungern würden.
Mein kleiner Bruder Romeo
würde am liebsten nur Schnitzel,
Hamburger und Pommes essen.